하늘과 바다가 맞닿은 제주의 풍경

우리 손으로 직접 지은 집, 〈13보름〉

앉아 있어도, 서 있어도
움직일 때도, 가만히 있을 때도
보고 싶은 엄마에게
이 책을 바칩니다.

육지 촌 부부

제 주 에 서
내 집 짓 고
살 ─── 기

**육지 촌 부부
제주에서 내 집 짓고 살기**

초판 1쇄 발행 2017년 8월 21일

지은이 최보윤
발행인 송현옥
편집인 옥기종
펴낸곳 도서출판 더블:엔
출판등록 2011년 3월 16일 제2011-000014호

주소 서울시 강서구 마곡서1로 132, 301-901
전화 070_4306_9802
팩스 0505_137_7474
이메일 double_en@naver.com

표지종이 랑데뷰 울트라화이트 210g
본문종이 마카롱 80g

ISBN 978-89-98294-35-9 (03810)

도서출판 더블:엔은 독자 여러분의 원고 투고를 환영합니다. '열정과 즐거움이 넘치는 책' 으로 엮고자 하는
아이디어 또는 원고가 있으신 분은 이메일 double_en@naver.com으로 출간의도와 원고 일부, 연락처 등을
보내주세요. 즐거운 마음으로 기다리고 있겠습니다.

육지 촌 부부

제주에서
내 집 짓고
살 기

글 · 사진 최보윤

더블:엔

*인생에서 한번쯤은 제주에서 살아보는 것도
아주 큰 행운이라는 걸 알게 되었다.
아무것도 모르고 시작된 제주에서의 내 집 짓기는
다 큰 우리 부부를 성장하게 했고,
더 겸손하게 만들어주었으며
노동이란 가치의 달달한 열매도 알게 해주었다.

인생에 한번쯤은
제주에서 살아보기

제주로 이사 갈 준비를 다 해놓고 내려갈 날만 손꼽아 기다리고 있던 어느 날, 한 공중파 방송에서 유행처럼 번지고 있는 제주이민과 제주 살이에 대해 밀착취재한 프로그램이 방영되었다. 출연한 몇몇 사람들은 실상 제주에 내려와보니 힘들고 불편하더라, 시골인데 생활비가 생각보다 많이 든다, 간단한 물건 사러 나가는데 차를 타고 몇 분을 달려야 한다 등등 여러 가지 불편사항들을 얘기했다. 그때는 뭐 그 정도까지일까, 생각했다.

그런데 막상 우리 부부가 제주에 내려와 지내보니, 그때 그 방송에서의 '불편한' 점들은 전부 '당연한' 일들이었다. 섬이라는 특성상 물가가 비싼 것도 당연했고, 도시처럼 마트가 동네 곳곳에 있지 않으니 차를 타고 나가는 것도 당연했고, 여러 가지 편의시설이 아직은 미흡하니 불편한 게 당연했다. 그 모든 불편함을 감수하고 우리가 제주를 택한 건 아주 간단한 이유 아닌가. 좀 더 자유롭기 위해, 또는 제주라는 자연 속에서 같이 살고 위로받기 위함이 아닐까? 제주의 밤이 도시의 밤처럼 밝고 환하지 못한 것도 자연을 지키기 위함이니, 약간의 불편함을 감수한다면 내가 사는 동네 어디선가 도시에선 볼 수 없었던 반딧불이도 만나게 되는 깜짝 놀랄 일들이 생기고, 가깝지 않은 마트 덕에 좀 더 계획적인 쇼핑 노하우가 생길지도 모른다.

물론 동서남북에 따라 상황이 많이 다르다. 하루가 다르게 발전하고 있는 제주를 볼 때면 오히려 가슴이 좀 먹먹해진다. 어떨 땐 여기가 제주도야? 양수리야? 하는 착각이 들기도 해 나도 모르게 쓴웃음을 짓곤 한다.

그럼에도 불구하고 제주라는 곳은 참 희한한 매력을 가졌다. 그림같은 풍경을 바라보고 있노라면 없던 아이디어도 그려지고, 복잡한 것은 심플하게 되고, 옹색한 마음은 너그럽게 바뀌고, 바쁜 일상의 시계는 멈춰져 여유를 돌아보게 된다. 그 매력에 빠져 사람들은 제주에 취하고 잠깐이라도 머무르고 싶어 한다. 제주는 그런 애틋한 섬이다.

우리 부부 역시 한 번 만난 제주에 넋이 나가 모든 걸 결정해버렸다!

누군가에겐 다소 엉뚱하고 무계획처럼 보였을 우리의 제주살이는 주변 사람들을 자주 불안하게 했지만, 우여곡절 끝에 무사히 정착할 수 있었다. 웃지도 울지도 못하는 상황 속에서도 (어쨌든 시작했으니) 두 손 꼭 붙잡고 무한긍정 에너지로 완성해내려고 노력했고, 하나도 특별할 것 없는 평범한 부부의 절절한 에피소드를 모으다 보니, 이렇게 책으로 엮는 행운도 얻었다. 참고로, 이 책은 집 짓는 동안의 희노애락이 담긴 일종의 노동기로, 집 짓는 기술력이나 노하우가 자세히 담겨 있지는 않음을 말씀드리고 싶다.

아무것도 모르고 시작된 제주에서의 '내 집 짓기'는 다 큰 우리 부부를 성장하게 했고, 더 겸손하게 만들어주었으며, 노동이란 가치의 달달한 열매도 알게 해주었다.

제주에서의 삶이 도시에서의 삶보다 조금은 불편하고 귀찮은 일이 더라도… 까만 밤하늘에 밝게 빛나고 있는 무수한 별들을 보고 싶다면… 파란하늘이 온 우주를 에워싸듯 펼쳐진 광경을 보고 싶다면… 시도 때도 없이 찢어질 듯한 꿩의 울음소리가 듣고 싶다면… 신선한 자리물회를 밥반찬으로 지겹도록 먹어보고 싶다면… 인생에서 한번 쯤은 제주라는 곳에서 살아보는 것도 아주 큰 행운이지 않을까,라는 생각을 한다.

2017.7… 13보름에서 최보윤

contents

프롤로그

인생에 한번쯤은 제주에서 살아보기   6

PART 1 서른다섯, 제주에 처음 오다!

PART 4 제주에서 집을 짓고 산다는 것

에필로그

서 른 다 섯

제 주 에

처 음 오 다

냄새부터 다른
제주

남편이 미술학원 입시강사를 한 지 벌써 6년이 되었다. 덕분에 6년 내내 11월에 있는 결혼기념일도 제대로 못 챙겨봤고, 남들처럼 근사하게 크리스마스날 칼질 한번 하러 간 적이 없었다.

입시가 요이~땅~! 하면 도시락을 두세 개씩 싸주며 혼자서 내조의 여왕 코스프레를 즐겼고 연말에는 나 혼자 치맥을 시켜놓고 각종 시상식들과 건배하며 남편의 빈자리를 채워도 서운하거나 섭섭하지 않았다. 왜냐하면, 남편은 자신을 믿고 잘 따르는 학생들에게 좋은 결과를 안겨주려 노력하는 걸 숙명인 양 뿌듯해했고, 그것이 얼마나 힘든 일인지 나도 잘 알기에 잠깐의 특강 3개월은 그냥 참아주고 싶었다. 무엇보다 입시 끝에는 보.너.스.가 있으니 나! 라는 아줌마는 잘 참을 수 있었다.

발단은 그해 겨울이었다. 항상 입시가 끝나면 우리 부부는 힘들고 지친 서로에게 보상이라도 하듯 부산, 강원도, 남해 등으로 맛집 투어를 다니며 몸보신 마음보신을 즐기고, 입시에 지친 찌꺼기들을 비워내곤 했었다. 그렇지 않아도 이번 입시가 끝나면 어디로 여행을 다녀올까 고민하고 있던 참에 신랑에게 전화가 한 통 걸려왔다.

"어이~ 김씨! 잘 있었어?"

예전부터 신랑과 친하게 지내던 누나네 부부에게서 오래간만에 연락이 왔다.

"제주도요? 누나, 제주도로 이사 갔어요?"

제주도? 분명 파주에 사셨는데 웬 제주도?

"그래요? 아, 놀러갈게요. 하하하, 네~. 안녕히 계세요."

궁금해서 안달이 난 나는 남편이 전화를 끊자마자 바로 물어봤다.

"왜? 왜? 왜? 제주도에 계신대? 거기서 뭐하신대?"

"몰라. 자세한건 모르겠는데 집 짓고 계신대. 게스트하우스 하신다고…."

오~잉! 원래 숙박업과는 전혀 관계가 없으신 분들인데… 굉장히 의외였고, 한편으론 부러웠다. 집, 내 집, 아니 우리 집을 갖는다는 건 요즘 너무 힘든 일 아닌가. 열심히 안 쓰고 모아도 계속 올라가는 집값은 내 월급과 남편의 월급이 100m 전력질주를 해도 따라갈 수가 없는 금액이고, 또 갖고 있다 해도 내 집보단 은행 집에 가까우니…. 게다가 제주도, 내가 아직 한번도 못 가본 제주도.

"우리 이번에 제주도나 가자!"

내 나이 서른다섯에 드디어 제주도를 처음 가보는구나!

그 당시 내가 일하던 곳은 어린아이들을 대상으로 하는 미술학원이었는데, 여름방학이 되어 아이들이 "선생님! 저 엄마랑 아빠랑 이번에 제주도 간다요~" 자랑할 때마다 속으로 얼마나 부러웠는지… 왜 우리 부모님은 그렇게 여행을 많이 다니셨으면서 날 제주도에 한번도 안 데려가셨을까,라는 약간 유치한 원망도 했었다. 그건 남편도 마찬가지였다. 나이 마흔에 처음 가보는 제주도는 왠지 당연히 했어야 하는 일을 미루어 지금 하는 것처럼 굉장히 뿌듯하고 설레는 기다림이었다.

남편의 말 한마디에 부랴부랴 비행기 티켓을 끊고 우리 부부는 매일 밤 성시경의 〈제주도의 푸른밤〉을 들으며 제주도에 갈 날만을 손꼽아 기다리며 잠을 청했다.

2월 초, 아직은 차가운 날씨지만 제주공항에서 내가 느낀 건 코가 한 단계 필터링된 기분이랄까? 추위를 많이 타는 체질인데도 제주에서의 바람냄새는 한여름에 마시는 생맥주처럼 시원하고 좋았다.

그렇게 누나네 부부와 몇 년만에 반갑게 만나 '땅'도 구경하고 일목요연한 '계획'도 들으며 우리 부부는 하염없이 "부럽다"를 연발했다.

남편과 나는 제주도 이곳저곳을 돌아다니며 입시에 찌들었던 몸과 마음 속을 비워냈다. 쓸데없는 고민들은 대자연 앞에서 아무런 의미가 없어보였다. 어디가 하늘이고 어디가 바다인지 모르게 푸른 제주도는 우리의 혼을 쏙 빼놓았다.

"이런 곳에서 살면 얼마나 좋을까?"

"살면 살 수 있지 뭐, 여기도 사람 사는 동네인데."

2013년 2월 김녕해변에서

딱! 요때였는데, 몸과 마음을 홀딱 빼앗긴 제주바다에서 칼바람을 맞아 머리가 따귀소녀가 되어
도, 그저 좋고 좋아 배시시 웃기만 했던… 아마도 이때 제주에 오지 않았다면 우리 부부는 아주
다른 삶을 살고 있지 않을까,라는 불안감마저 든다.

월정리 해변에서

역시 남편 성격답다.

"그럼, 뭐 해먹고 살아?"

"그냥, 뭐… 우리도 숙박업 할까? 아님 카페?"

"…."

그때까지만 해도 머릿속에 구체적인 계획이나 그림이 없었다. 그 여행은 우리에게 막연히 '우리도 언젠간 내려올 수 있겠구나' '못 올 곳도 아니지 뭐' 하는 마음으로 제주를 가깝게 느끼게 해주었다.

그게 시작이었다. 계기라는 것. 다이어트도 그렇고, 공부도 그렇고, 살다 보면 이 계기 덕분에 우리는 인생을 다른 모양으로 그려나가기도 한다.

한동안 일을 하면서 제주앓이에 그야말로 끙끙 앓았다. 남편도 마찬가지였다. 밤마다 잠들기 전 레퍼토리는 '가시리 언덕에 올라가 청명한 제주의 하늘을 바라봤던 그때를 얘기하는 것'이었다.

"나는 하늘을 고개를 들지 않고 그렇게 가깝게 본 건 처음이었던 것 같아. 내 시야에 티끌 하나 안 걸리고 뻥 뚫린 시원한 느낌을 잊을 수가 없어."

우리는 며칠 밤을 제주에 있던 때로 돌아가 그날의 바람과 냄새, 바다를 얘기하며 선잠을 자야 했다. 어른들 말로 우리 허파에는 바람이, 제주 바람이 제대로 훅~! 들어와 버렸다.

왜? 꼭 나이가 들어야
간다고 생각했을까?

우린 한동안 눈이 마주칠 때마다 제주 얘길 꺼내면서 "그래, 우리 꼭! 나이 들면 제주도로 이사 가자!"라는 말을 반복했다.

"그래, 그럼 내가 지금 서른다섯이니까 마흔쯤 갈까? 그럼 당신 나이 마흔다섯. 딱 좋네, 좋아!"

그런데 며칠 뒤 문득 남편이 물었다.

"근데 뭐가 좋은 거지?"

"뭐가?"

"당신 나이 마흔에 가나 지금 가나, 뭐가 좋은 거지?"

"…"

"그냥, 나이 더 먹고 가는 거잖아."

"그…치."

멋진 전원생활,하면 머릿속에 어느 정도 나이가 지긋한 노년이 떠오르곤 한다. 그리고 뭔가 계획을 세울 때는 월요일! 혹은 다음 주, 다음 달을 기약한다. 지금의 내 나이보다는 40이라는 시작점에 제주도를 갈 수 있다고 하는 자기합리화, 또는 그때 되면 돈을 더 많이 모아놓지 않았을까,하는 생각이었는지도 모른다.

"그럼, 우리 진짜 지금 가자. 지금 제주도 땅값도 많이 올랐다는데 더 오르기 전에 가는 게 낫지 않아? 강남에서 강북으로 이사 가는 것도 아니고 나이 들어서 가는 것 보단 하루라도 빨리 가서 자리를 잡는 게 맞는 것 같아."

지금 가자는 말에 살짝 당황했지만, 남편 말도 일리가 있어 뭐라고 대꾸도 못하고 꿀 먹은 벙어리 마냥 눈만 깜빡였다.

"우리가 있는 재산 다 정리해서 지금 여기서 뭘 다시 시작하는 것 보단 제주가 더 투자가치가 있을 것 같아. 여기는 계속 불황인데, 제주는 아직 틈새시장이 있다고 하니까 한번 잘 생각해보자."

"그럼, 당신 입시는 올해까지만 하는 거네."

입시학원 강사라면 누구나 그렇겠지만 강사로서 받는 스트레스가 어마어마해서 어떨 땐 입시 치르는 그 한 해 동안 3년이 늙어 보여 안쓰러울 때가 많았다.

한번씩 힘들 때마다 남편이 "내가 학원 그만두면 뭐 해먹고 살지?" 하면 나는 속으로는 불안하면서도 겉으로는 쿨한 척, "힘들면 그만해. 당신 몸이 더 중요하지. 우린 지금 애도 없는데 둘이 뭐라도 하면 못 살까? 나 떡볶이 잘 하잖아. 떡볶이집 하면 대박날걸!" 이렇게 위로해 주곤 했었는데.

진짜 그 때가 온 것이다.

왜 …
유배를 가니 …

우리 부부에게 그렇게 제주도라는 목표가 생겼으니, 일단 제일 큰 난관인 어머님께 알려드려야 했다. 어머님이 집에 오시는 날, 기분 좋으신 타이밍을 관찰해 조심스럽게 말씀드리기로.

며칠 후, 어머님이 오셨다. 남편이 진땀을 흘리며 넌지시 말씀드렸는데 어머님은 얘네들이 설마 진짜 갈까,하는 분위기로 대답하셨다.

"그래. 이 다음에 이런 데서도 살아보고, 저런 데서도 살아보면 좋지."

아… 이게 아닌데, 안 믿으시는구나. 나와 남편은 서로 쳐다보며 어쩌지, 어쩌지 라는 말만 입술에 맴돌 뿐이었다. 하긴 두 살 터울인 친정 여동생도 통화하면서 비슷한 반응을 보였었다.

"나 이사가."

"어디로?"

"제쭈노."

"어디? 뭐? 어디라고?"

"제주도라고."

"제주도로 이사?를 간다고?"

분명 못 들었을 단어도 아니고, 못 들을 나이도 아닌데 재차 확인하는 동생의 목소리를 들으며 제주도는 정말 가깝고도 먼 곳이구나, 싶어 팬시리 미안한 생각이 들었었다.

다시 어머니께 정확하게 말씀을 드려야겠다 마음먹고 주말 저녁 남편이 전화를 드렸다. 그 전보다 좀더 확고한 방향으로 정확히 말씀을 드림과 동시에 전화기 너머로 어머니 목소리가 쩌렁쩌렁 울려 퍼지며 속상해하시는 모습이 3D 영상처럼 그려지기 시작했다.

위로 누나에 하나밖에 없는 아들이 훌쩍 먼 곳으로 이사를 간다고 하니 흔쾌히 승낙하시는 것도 이상할 터…. 어머님은 다음 날 집에 오셔서 나를 붙잡고 하소연하듯 쏟아내시며 말씀하셨다.

"아직 이렇게 이쁘고 창창한데, 너는 그런 시골에 가서 살고 싶니? 젊은 애가 유배 가는 것도 아니고. 그냥 한 1년 살아보고 괜찮으면 그때 결정해도 늦지 않아. 가서는? 가서는 뭐 해먹고 살 건데, 카페? 요즘에 10이면 11군데가 망하고 다시 생기는 게 카페인데 잘될 거라는 보장도 없이 무턱대고 가겠다는 건 너무 위험한 거야."

어머님 말씀이 하나부터 열까지 다 옳다는 걸 알기에 드릴 말씀이 없었다. 하지만 남편과 내 성격은 속된 말로 조금 간을 보고 할까 말까를 결정하는 스타일이 아니다. 시작하면 정확히 하고 아니면 말고…. 물론 장단점은 분명히 있을 것이다. 어머니 말씀대로 1년을 살아보고 괜찮으면 계속 있고, 아니다 싶으면 다시 육지(제주에 좀 살다 보니 이제 육지라는 단어가 더 익숙하다)로 올라와 하던 일을 계속 할 수도 있겠지만, 우린 반대로 올라올 수 있는 여지를 두면 오히려 무엇이든 열심히 안 할 것 같았다. 그만큼 절실하게 하고 싶었고, 이미 가슴이 먼저 움직였으니 제어할 수가 없었다.

자식 이기는 부모 없다고 결국 어머니는 응원 아닌 응원을 해주셨고, 우린 본격적으로 제주!에 몰입하기 시작했다.

자유분방한 친구들을
만나다

마음은 주말마다 내려가 이것저것 알아보고 싶었지만, 경비도 만만치 않아 벙어리 냉가슴 앓듯 여름휴가만 기다렸다. 그때까지도 제주에 가서 무엇을 할까 고민하고 있던 터라 이번에 가면 여기저기 둘러보면서 시장조사를 해야겠다고 마음먹고 있었다.

마침 누나네 게스트하우스가 얼추 완성되어 거기서 머물며 돌아다니기로 했다. 에메랄드 바다빛을 자랑하는 월정리 카페들부터 소문난 국수집, 게스트하우스, 디저트 카페 등 짧은 시간에 여러 군데를 돌고 숙소로 돌아와 고민하고 있을 때였다. 동네 작가 커플이 놀러왔는데 우리와 전공이 같았다.(남편과 나는 조소를 전공했다)

나보다 세 살 어린 여자는 까맣게 그을린 피부에 얇은 분홍색 롱원피스를 입은 모습이 매우 건강하게 빛이 났고, 그녀의 남자친구는 사극에서나 나올 법한 덥수룩한 수염에 긴 머리를 또아리 틀어(일명 똥머리) 묶은 모습이 무척 인상적이었다. 둘 다 뭔가 현실에서는 없는, 만화 속에서 튀어나온 캐릭터들 같았다.

"안녕하세요~!"

여자애가 먼저 정말 큰소리로 활기차게 인사했다.

"아, 네. 안녕하세요."

생각해보면 나는 왜 그렇게 목소리가 기어들어갔는지, 둘의 외형적 포스에 나도 모르게 작아졌던 것 같다. 게다가 작가라고 한다. 순수미술을 전공한 사람이라면 누구나 한번쯤 작가를 꿈꿔본다. 하지만 현실과 이상은 많이 다른 법. 작가라는 길을 흔들리지 않고 곧게 가는 건 쉬운 일이 아니다. 그런 내 눈에 젊은 친구들이 당당히 작가로 살아가는 모습이 아름답고 부러워보였다. (그래서 목소리가 기어들어갔나?)

"이 친구 이름은 뿔리고, 남자친구는 찌꾸야."

이건 또 뭐지? 이름이 뿔리, 찌꾸란다. 물론 본명은 아니겠지만, 예명이나 별명이라 해도 정말 독특함이 좔좔 흐르는구나,싶었다. 나중에 이곳에 살며 이 친구들 말고도 종종 별명 또는 예명으로 불리는 이들이 있어 조심스레 그 연유를 물어보았다. 제주에서 만난 인연들 만큼은 나이나 직위에 상관없이 올곧이 그 사람과 친해지기 위함이란 말을 듣고 우리는 아~! 감탄을 했다. 그리고 우리 부부도 별명을 짓기로 했는데, 이 작업은 아직도 진행중이다.

"언니~! 제주도 정말 좋아요. 잘 생각했어요! 서울보다 여기가 훨씬 좋아요! 저도 육지 살 때 오빠처럼 입시강사 했었는데 어우~ 그 스트레스, 중압감… 감당 못 하셨너라고요. 지도 니름 인기강사였어요. 대학도 잘 보내고. 근데 그건 그거고 부담감은 어쩔 수 없더라고요."

우리가 이곳으로 이사 온다고 얘기하자 바로 뿔리가 내게 해준 말이다. 정말 순도 100%의 맑은 표정으로 나를 쳐다보며 이곳 생활과 육지생활을 비교하며, 여유로움과 자유로움을 설명해주었다.

"그런데 여기서 뭐 해먹고 살아요?"

그렇게도 순수하게 제주의 아름다움과 여유로움을 얘기해준 뿔리에게… 내가 생각해도 수준 낮은 질문을 던졌지만, 그 문제가 그 시점의 나한텐 엄청 중요한 과제였다.

"그냥 사는 거예요. 밀깡 나올 철엔 밀깡 따기 알바하고, 무 수확철엔 그거 하고, 그건 남자들이 하면 돈이 좀 쎄요. 그날 밤 찌꾸가 허리를 못 펴서 그렇지 하하하하! 또, 무말랭이 공장에서 무말랭이 포장도 하고, 거기 좋았는데 간식도 맛있고. 여름엔 다이빙도 하고, 낚시도 하고… 시골에서는 찾으면 할 일은 되게 많아요! 내가 부지런하지 못할 뿐이지."

호탕하게 한바탕 웃어 보이는 뿔리의 모습을 보며 제주도라는 이곳을 정말 좋아하고 사랑하는구나,라는 생각이 절로 들었다. 뿔리는 현재 마을에서 정식으로 해녀를 하고 있다. 젊디 젊은 친구가 물질을 하겠다고 뛰어드니 방송에서도 신기한지 다큐멘터리 소재감으로 촬영도 해가고 유명인사가 되었다. 이 친구만 보더라도 제주는 사람을 홀리는 재주?가 있는 마력의 섬인 게 분명하다.

집으로 돌아오는 비행기 안에서 남편과 뿔리, 찌꾸 얘기를 한없이 했던 기억이 난다. 그 친구들이 우리보다 가진 게 없다 해도 왜 이렇게

우리와 그렇게 많은 시간을 공유했건만…
찌꾸, 뿔리와 함께 찍은 사진이 이것 하나밖에 남아 있지 않다니… 미안해지네.

행복해 보였는지… 그 에너지가 도대체 어디서 나오는 건지, 나도 그

에너지를 흠뻑 받고 싶고, 또 누군가에게 주고 싶어졌다. 뿔리가 나에

게 그랬던 것처럼.

그렇게 그 친구들과 우리는 제주라는 섬에서 둘도 없는 친구가 될 예

정이었다.

단순무모한

그러나

흥분되는

집 지을 재료를
결정하고

한참을 고민한 끝에 우리는 게스트하우스와 카페를 작게 같이 하는 것으로 결정했다. 남편은 대학졸업 후 일찍부터 인테리어 일을 배웠고, 아는 동생이 홍대에서 유명한 바리스타라 그에게 커피내리는 방법을 배우면서 집에서 드립하는 걸 좋아했다. 한번씩 입시가 싫증날 때면 남편은 자기가 인테리어한 멋진 카페에서 커피내리며 살고 싶다고 얘기하곤 했었다.

게스트하우스와 그림같이 예쁜 카페라… 서울 사는 사람들의 이상적인 전원생활 그림이기도 한 이 계획이 나중에 다른 방향으로 선회하게 될 줄 그때는 알지 못했다. 그때만 해도 꿈꾸는 대로 다 이뤄질 줄 알았다. 아무튼 무엇을 할지 정했으니 이제 제일 중요한 '돈 계산'이 남았다. (인정하기 싫지만 내 수학적 두뇌회전은 참으로 취약하다)

어느 날 남편이 "우리가 직접 집을 지으면 어떨까?" 라고 물었다.

아니, 대학교 공동과제전도 아니고, 잔치집 전 부치는 일도 둘이서는 힘들 것 같은데, 진짜로 직접 지을 생각을 하다니.

계획과 욕심은 제주에서부터 시작되었다.

선배네 게스트하우스가 공사업체와 계약을 했다가 1년이 넘게 공사가 지연되고 그 과정에서 많은 어려움들이 있어 실질적으로 계획했던 모든 일들이 많이 미뤄졌다고 했다. 그런데, 그집 뿐만이 아니라 제주에 내려온 다른 몇몇 이민자들도 공사업체에 맡긴 후 돈은 돈대로, 시간은 시간대로 버리며 많이 힘들어한다는 얘기를 들은 것이다. 아마 그 얘기를 들은 후, 남편은 인터넷을 쥐 잡듯 뒤져가며 나홀로 집 짓기에 열을 올리며 계산을 했던 것 같다.

"당신 생각엔 우리 둘이 한다고 하면 얼마나 세이브 될 것 같은데?"

"그래도 반은 줄지 않을까?"

"기간은 얼마나 잡고?"

"1년 안에 완성하는 걸로."

"그런데, 1년을 버리는 거잖아. 안 될 수도 있고, 빨리 지어서 영업을 하는 게 더 나은 거 아닌가?"

"내가 아무리 계산을 해봐도 공사업체에 맡기면 평당 450이야. 돈이 너무 부족해. 가서 당장 생활비도 들어갈 거고, 우리가 제주도 가려면 이 방법이 최선인 것 같아."

맞는 말이기도 하다. 당장 가고 싶은 마음으로 밀어붙이고는 있지만, 우리 둘 다 금수저를 물고 태어난 것도 아니고 당장 그 만큼의 현금이 없었다. 지금 선세금을 빼도 턱 없이 부족해, 하는 수 없이 어머니론을 써야 하는 상황인데….

돌아가시기 전 친정아버지도 건축업을 크게 하셨다. 내 기억 속엔 많은 아저씨들이 동원되어 흙먼지, 시멘트 먼지를 뒤집어쓰며 높은 곳에서 아슬아슬하게 일하시던 모습이 가득한데, 그런데, 둘이 하자니… 둘… 둘… 둘, Just the two of us! 머릿속이 복잡해지면서도 돈을 생각하면 그게 맞는 것 같았다. 하지만 남편의 정확한 마음은 내가 살 집을 내 손으로 지어보는 게 꿈이었다고 한다. 지금 생각해보면 그 꼬임에 넘어간 것 같아 뼈마디가 쑤실 때면 화가 나기도 한다.

"그럼, 뭘로 지을 건데? 벽돌?"

"아니~ ALC *."

"그게 뭔데?"

"왜, 기억 안 나? 결혼 전에 내가 ALC 조각했던 거 보여줬잖아. 찾아보니까 혼자 집 짓는 사람들이 이걸로 많이 하더라고. 아무래도 크기가 크니까 단수도 빨리 올라갈 거고, 그럼 시공이 빨라지지 않을까? 외국에서도 ALC로 집 많이 짓는대."

남편은 흥분된 얼굴로 신이 나서 얼른 휴대폰을 꺼내 인터넷을 빛과 같은 속도로 검색해 이미지들을 보여주기 바빴다. 내가 보기엔 드라큘라 백작의 새하얀 성처럼 아주 큰 벽돌집 같기도 했고, 언뜻 봐도 몇 단 안 되는데 벽들이 세워져 집의 형태를 이루고 있는 게 거대한

ALC : 시멘트와 규사, 생석회 등 무기질 원료를 고온고압으로 증기 양생시킨 경량의 기포콘크리트 제품을 통칭하여 ALC(Auto Lightweight Concrete)라고 한다. ALC는 1930년 스웨덴에서 처음 개발에 성공한 후 네덜란드와 일본 등에서 크게 발전시켜 현재는 세계 각국에서 널리 사용되고 있는 건축자재다.

목욕탕 같기도 했다. 이런 쪽으로 관심이 있
었던 것도 아니고, 장단점을 알아야 반박이
라도 할 텐데 이미 다 알아봐놓고 확신에 찬
눈으로 Yes~ 라고 말해주길 기다리는 남편
에게 No! 를 할 수 없었다.

이것이 ALC다.

"그래, 그럼. 나는 뭘 도와야 하는 거지?"

"그냥. 내가 뭐 들 때 같이 들어주기도 하고, 잡아주기도 하고…."

(이때까지만 해도 나는 정말 살짝 잡아주거나, 손끝으로 들어주는 정도만 상상했
었다. 너무 순진했다!)

그래, 뭘 하든 혼자보단 둘이 낫겠지. 왜 갑자기 뜬금없이 긍정적이
었는지 모르겠다. 이미 시작하겠다고 마음먹었고, 여기저기 "나 제주
도 가요"라고 다 얘기했는데, 안 된다는 생각보단 된다는 생각을 많
이 하고 싶었는지도 모른다. 지금 와서 생각해보면 안 되는 일은 없었
던 것 같다. 다만 우리가 아마추어다 보니 어떤 문제에 직면했을 때,
지혜롭게 대처하는 능력이 부족했던 것? 둘이서 그 기나긴 시간을 막
노동(나에겐 정말 신성한 단어가 되었다)을 하면서 제일 많이 들었던 얘기
들… 무모하다, 무식하다, 단순하다, 뭐 하러 그 고생을 하냐,였다. 하
지만 그 과정을 거친 사람으로써 자신있게 얘기할 수 있는 건, 누가
돈 주고 그 시간을 사겠다고 해도 절대 팔 수 없는 값으로 환산됐으
며, 또 되돌아산나 해도 같은 선택을 했을 거라는 것이다

우리는 이제 ALC로 집을 짓는다!

땅!? 이라는 것을
계약하다

내 평생 땅을 계약하다니… 그때까지 내 머릿속에 땅을 보러 다니는
이미지는 왕반지를 몇 개씩 낀 부잣집 사모님이 모피코트를 어깨에
살짝 걸치고 반짝반짝 까만 세단에서 내려 우아하게 도장 콕~! 찍는
모습이었는데.(역시 드라마란, 참…)

여름휴가때 땅을 보러 다니기로 했다. 정해진 것도 없는데 벌써부터
땅을 보냐며 나는 겸연쩍어했고, 남편은 혹시 좋은 땅이 나오면 놓치
면 안 된다고 일단 보자고 했다. 하지만 딱히 마음에 드는 땅이 없었
다. 정확히 말하면 마음에 드는 땅은 역시 내손에 쥐고 있는 것보다
비싸고, 가격대가 맞으면 평수에 상관없이 마음에 들지 않았다. 그렇
게 그때는 대략의 시세를 알 수 있는 정도로 만족해야 했다.

그 후로 틈틈이 누나네 부부와 전화통화를 하며 좋은 땅이 나오는지
알아보고, 해보지도 않았던 경매사이트에 들어가 매일매일 그 날의
물건들을 체크했다.

본격적으로 입시가 시작되기 전에 꼭 땅을 구입해야겠다는 생각에

남편 혼자 다시 제주에 내려갔다. 사실 둘이 다니려니 비행기 값이며 이런저런 경비가 만만치 않아 혼자 보낸 이유도 있었다. 하지만 여름에 땅을 본 이후로 나라는 여자는 정말 동서남북 방향에 대한 감각이 심각하게 없으며, 어른들과 남편이 대화하는 ~로, ~도로, ~번지 등을 도통 알아들을 수 없어 별로 도움이 안 될 거라는 확신이 있어서였다. 그렇게 아침 일찍 제주로 떠난 남편이 잘 도착했다고 전화를 했다. 괜히 마음이 짠했다. 도움이 안 되어도 같이 갈 걸 그랬나, 이번에 못 구하면 또 언제 내려가서 알아보나, 등등 순식간에 마음이 복잡해졌다. 그러던 오후, 늦게 전화가 왔다.

"여보! 마음에 드는 땅이 있어! 땅 모양도 예쁘고, 평수도 좋고, (제주에서는 300평 이하의 작은 땅을 구입하기가 매우 어렵다. 대부분은 1000평 이상의 땅, 또는 그보다 훨씬 큰 땅을 택지 분할해서 판다) 바다도 보여! 조금 외지긴 하지만, 난 좋은 것 같아!"

남편은 흥분해서 '이번에 놓치면 안 된다'는 걸 있는 대로 강하게 어필했다. 그도 그럴 것이 이사날짜가 4개월 밖에 안 남았는데, 이제 곧 입시특강에 들어가면 꼼짝없는 감옥살이라 그 전에 땅이든 집이든 해결하고 싶어 했다. 남편은 집에 도착하자마자 그 땅을 로드뷰로 보여주기도 하고 그림 그리듯 설명해주기도 하면서 계약하자고 했다. 그런데 나는 왠지 어머니가 보시면 어떨까 하는 생각이 들었다. 남편이 들으면 섭섭하셨겠지만, 제주에 흥분해 있는 남편보다 연륜이 있는 어머니가 보시는 게 더 정확하지 않을까 싶었다.

그렇다면, 일단 계약하러 내려갈 때 어머니와 동행하는 걸로 하자!

역시~! 어머니는 도착하자마자 그 땅 주변에 있는 식당에서 식사를 하시며 주인 아주머니께 그 땅에 대해 넌지시 물어보셨다.

"그 땅, 나온 지 좀 됐어요. 들어가는 길도 외지고. 사지 마세요. 우리 같으면 그런 땅 안 사요."

어머니도 같은 생각이셨다. 너무 외지고 음산해서 별로라고.

당연히 오늘 땅을 계약할 거라고 생각한 남편은 매우 실망했고, 어머니는 제주도까지 왔는데 섭지코지나 구경가자고 하시며 남편을 재촉했다. 생각해보니 어머니도 제주가 오래간만이셨다. 섭지코지를 다니는 내내 남편은 계획이 무산된 마음에 퉁퉁거렸고, 어머니는 그런 남편이 계속 신경 쓰이셨는지 마지막으로 부동산 한 군데만 더 가보자고 말씀하셨다. 마음 급한 남편이 휴대폰으로 한 군데를 찾아내 얼른 전화했다.

"일단, 오세요~. 오시면 보여드릴게요."

밑져야 본전이란 심정으로 표선에 있는 한 부동산을 찾아갔고, 그 곳에서 여러 군데의 땅을 보여주셨다. 특별히 나쁘진 않지만 마음에 쏙 들지도 않는? 땅들이라 이번엔 정말 아닌가 보다 할 때, 부동산 사장님이 한 군데를 더 보여주셨다.

"이건, 그냥 한번 보세요. 생각하신 금액보단 조금 비싸지만, 땅도 많이 봐야 좋은 땅을 알아보는 거거든요."

직사각형 네모반듯한 모양에 초입엔 귤나무에 귤들이 귀엽게 달려 있었고 각종 들꽃들과 풀, 갈대들이 흐드러지게 피어 있었으며, 단풍이 제대로 든 노오란 은행나무 잎들이 눈처럼 떨어져 있었다.

"이게 몇 평 같아 보여요?"

"한 500평 되는 거 아니에요?"

"하하하… 이거 300평 조금 넘습니다."

부동산 사장님 왈, 땅도 주인이 있다고 한다. 똑같은 땅을 보여줘도 못마땅해하는 사람이 있고, 반대로 한눈에 반해 바로 계약하는 사람이 있다고. 땅도 주인이 어찌 다루느냐에 따라 이렇게 저렇게 팔자가 바뀐다고.

어머니도 남편도 이미 양지바른 금빛 은행잎이 가득한 그 땅으로 마음이 굳어졌고, 그 땅이 이 땅이고,… 우리 땅이 될 팔자가 되었다.

1. 2013년 8월
본격적으로 이것저것 알아보고자 여름휴가를 이용해 부리나케 또 한번 다녀온 제주.
이때만 해도 육지 뇨자, 육지 남자~ 느낌이 물씬? 풍기는 마지막 우리의 모습~

2. 2014년 4월. 봄꽃의 향연이 펼쳐진 우리 땅은 첫 삽을 기다리고 있었다.

휴대폰 사진 한 장으로
년세를 계약하다

땅을 계약하고 남편은 바로 입시특강에 들어가 더 이상 꼼짝할 수 없는 상황이 되었다. 이사날짜만 잡아놓고 멀리 제주에 빈 집을 구하기란 쉽지 않았다.

얼마 전에 면사무소에서 빈집 리스트를 주면서 몇 군데 추천을 해주었지만, 귀신이 나올 것 같은 집에 수리비가 어마어마하게 들어갈 것 같아 엄두가 나지 않았다.

그렇게 제주에 계시는 부동산 사장님과 틈틈이 연락을 하며 괜찮은 년세 집이 있는지 알아보던 중, 어느 날 좋은 집이 있다며 보러 내려올 수 있냐고 다급히 전화가 왔다. 지금 당장 내려갈 수 없는 처지라 다급한 마음에 뿔리와 찌꾸에게 양해를 구해 봐달라고 부탁했고, 얼마 후 시간이 조금 지나 휴대폰이 띠링띠링 울리며 사진 몇 장이 전송됐다. 귤이 주렁주렁 달린 과수원을 지나 정말 조그맣고 아담한 집이 있는 사진. 그 사진을 본 순간 당장에라도 사진 속으로 쏘~옥 빨려들어가 그 집 안으로 들어가고 싶어지는 그림 같은 사진이었다.

게다가 거기에 있는 귤나무까지 포함해(정확히는 기억 안 나지만 귤나무가 대략 25그루, 매화나무가 6그루 있었다) 보증금 100에 년세 300. 우린 그 사진 한 장에 홀딱 반해 무조건 계약하겠다고 했다. 주렁주렁 달린 귤들이 다 우리 것이라고 하니 돈을 주고 들어가는 년세지만 남부럽지 않은 부자가 된 것 같았고, 이 귤들을 싹~ 다 내가 다 먹어주리라! 하는 마음에 정말 기뻤다. 나중에 그것이 우리에게 감당할 수 없는 귤폭탄을 안겨줄 거라고는 그때는 상상도 하지 못했다.

이삿짐을
꾸리다

2014년 1월. 드디어 기다리고! 기다리던 제주도로 이사 갈 날이 다가
오면서 다니던 직장도 후임을 구해 정리하고 정이 들대로 든 원장님
과도 아쉬운 작별을 해야 했다. 몇 년을 친구처럼 가족처럼 함께 일하
던 사람들과 헤어진다는 것도, 또 나를 여태까지 먹고 살게 한 내 징
글징글한 천직과 작별한다는 것도 나에겐 어마어마한 용기가 가져다
준, 물릴 수 없는 선택이 되었다.

어느 날 외할머니 전화가 왔다.

"거긴, 병원은 있냐? 아프면 바로바로 병원 가야는데."

"할머니는… 병원 없는 데가 어디 있어! 별걱정을 다해~."

말로는 대수롭지 않게 웃어 넘겼지만, 어찌 병원만 궁금하셨겠나. 손
녀딸이 먼 곳으로 이사 간다고 하니, 마음속으로 여러 가지 것들을 걱
정하고 궁금해하셨을 거라는 걸 누구보다 잘 알기에 더욱 죄송스런
마음뿐이었다.

이삿짐 박스를 하나씩 하나씩 쌓기 시작하며, 어머님 말씀대로 유배

가는 것도 아닌데, 괜시리 심란해 처음에 들썩들썩했던 제주에 대한 열정을 다시금 이성적으로 정리하는 시간도 되었다. 가슴은 뜨거워도 머리는 차갑게… 이번 기회가, 우리의 선택이 순간의 기분으로 사치가 되지 않게… 그렇게 차근차근 육지에서의 서른다섯 묵은 짐들을 꼼꼼히 포장했다.

2014년 2월, 드디어 제주로 이사!

이런 좁은 곳에서
배 타고 오느라 수고했어!

인심 좋은
할아버지와 할머님

육지에서의 집 평수에 비해 제주에서 년세로 얻은 집은 턱 없이 작아 대충의 큰 짐들은 양해를 구해 뿔리, 찌꾸네 창고로 옮겨놓을 수밖에 없었다.

비가 부슬부슬 떨어지는 으스스한 날씨였는데도 일하시는 아저씨들과 친구들이 너무나 신나게 열심히 도와주어 낯선 곳에서의 짐 풀기가 즐거운 시작으로 느껴졌다.

우리가 사는 집은 동네에서도 골목 안 제일 끝집. 우리집 위쪽으로는 집은커녕 길도 없는, 전부 다 과수원이었다. 유일하게 붙어있는 집은 돌담을 경계로 나뉘어진 바로 옆집이었다. 이사하는 내내 시끄러울까봐 걱정하면서 그집 창문을 신경 써서 바라보다 할아버지와 눈이 마주쳤다. 나는 반사적으로 "안녕하세요" 인사를 드렸고, 할아버지는 창문 커튼 뒤로 갑자기 사라지셨다. 엥! 쑥스러우셨나? 조금 뻘쭘하던 찰나, 할아버지가 할머니와 같이 나타나셨다.

"너희 어디서완?"

"네? 네. 서울, 아니 인천 부평이요."

(뭔가 솔직하게 말해야 될 것 같아 사는 동도 말할 뻔했다)

"육지서 뭐하러 여기까지 완? 거기가 더 좋지 안수꽈?"

"아 네. 여기가 더 좋은 것 같아요."

그러고도 할아버지와 할머니는 한참을 지켜보며 두 분이서 뭐라고 뭐라고 얘기하셨지만, 도통 알아들을 수가 없어 남편과 그냥 계속 웃었던 기억이 난다.

이삿짐을 정신없이 나르고 아저씨들과 잠깐 음료수 타임에, 옆집에 정식으로 인사를 드려야겠다 싶어 옷에 있는 먼지를 탈탈 털고 머리를 잠깐 정돈한 다음, 음료수 두 병을 가지고 할머니댁에 가 똑똑 현관문을 두드렸다.

어르신께선 반갑게 나와 맞아주시며 역시 뭐라고 하셨지만, 알아들을 수 없는 터라 음료수만 수줍게 건네드리며 큰 소리로 웃었다. 나중에 알고 보니 감귤농사만 몇 만평을 하신다는데, 우리가 그 분들께 드린 음료수는 감귤주스였다. 젊은 친구들이 얼마나 바보 같아 보였을까? 나의 센스란 참….

모두들 떠나간 뒤 그날 저녁, 천장까지 쌓여있는 짐들로 한숨만 푹푹 쉬고 있을 때 밖에서 큰 소리가 들려 나가보니, 옆집 할아버지께서 검은 봉지를 들고 서 계셨다. 남편이 달려나가 인사했고 할아버지는 검은 봉다리를 남편한데 주시며 활짝 웃어보이셨다. 검은 봉다리 안에는 감귤과 한라봉이 한가득 들어 있었다. 이걸 우리 둘이 다 어찌 먹

첫 번째 우리의 제주살이 하우스~
항상 고요한 일상을 선물해주었던 그리운 가마리 집.
넓게 펼쳐진 과수원을 보며 조선팔도가 안 부럽게 든든했었는데.
지금도 그대로 잘 있겠지…
종종 안부가 궁금한 소중한 옛집.

나 싶을 정도로 많이 주시고는 못생긴 파지라고 되려 미안해하시면서 댁으로 돌아가셨다.

그 후로도 여러 번 할아버지와 할머니는 귤을 까만 봉다리에 잔뜩 담아 갖다주셨고, 명절 때면 "제주 음식도 먹어봐야지" 하시며 돼지고기 산적과 잡채, 여러 종류의 전들을 챙겨주셨다.

제주에서의 첫 이웃인 할아버지와 할머니 덕분에 우리의 제주생활은 따뜻한 정과 함께 출발할 수 있었다.

남편! 불법체류자로
오해 받다!

몇박 몇일 짐 정리를 하느라 정신이 없었지만, 문 밖으로 보이는 녹색의 과수원과 새파란 하늘, 새소리, 바람소리… 내가 정말 제주라는 곳에서 살고 있구나 싶어 입꼬리가 올라가며 미소가 절로 나왔다.

한번은 남편과 커피 한잔 앞에 놓고 멍하니 우리집 마당의 과수원만 쳐다본 적도 있었다. 이게 꿈인가 생시인가 안 먹어도 배부를 만큼 우리는 며칠을 소박한 제주풍경에 푹 빠져 지냈다.

그러던 어느 날, 누나네 부부가 제주항에 나무 주문한 걸 받으러 간다고 같이 가자고 해, 남편은 달구(집을 지으며 필요할 것 같아 찌꾸네와 같이 중고 트럭을 구입했는데, 그 트럭을 우리는 '달구'라고 불렀다)를 타고 나갔다. 제주항은 외국인이 출입금지로, 아마도 밀항 때문에 그럴 거라고 생각했다. 그런데 그 앞에서 우리남편이 출입제제를 당했다. 정확히 얘기하면 민증 검사를 받았다고 한다. 그때 나는 같이 가지 않아서 격양된 남편의 목소리로 이 웃픈? 얘길 들을 수 있었다.

누나네 남편과 찌꾸, 남편 이렇게 셋이 같이 갔는데 입구에서 신분증을 제시해달라고 했단다. 누나남편이 "저희, 여기 사는 사람들이에요!"라고 했더니 "아니요, 아저씨 말고 (가운데 사람을 가리키며)…."

그 가운데 사람은 우리남편이었다.

"아저씨, 이렇게 한국말 잘하는데 외국사람으로 보여요! 나 여기 사는 사람이에요!"

하필 그때 남편은 신분증을 가져가지 않았고, 이사 온 지 얼마 안 되었지만 자기도 제주도민이라는 걸 당당하게 말하고 싶었다고 했다.

남편은 제주로 이사 온다고 하면서부터 항상 짧게 자르던 머리를 조금씩 기르고 있었다. 모자를 쓰든 머리띠를 하든 뭔가 조치를 취해야 했는데, (또 그날 따라 산발인 채로 그냥 갔더랬다) 까무잡잡한 피부의 남편이 따뜻한 나라에서 오신 분으로 오해받기 딱 좋은 타이밍이었다.

남편은 대학 때도 간첩으로 오해받아 경찰에 잡혀간 적이 있다고 했다. 까만 점퍼에 까만 가방을 메고 혼자 무전여행을 떠났는데, 강원도의 한적한 길을 거닐다 쏟아지는 졸음에 해안가에 침낭을 펴고 잠이 들었고, 잠깐 자고 일어나 다시 걷기 시작하려는데 경찰차가 갑자기 빠르게 자기 앞에 와 세우더니 차에 타게 했다고. 결국엔 아니라는 게 싱겁게 밝혀지면서 남편은 경찰서에서 맛있는 설렁탕을 공짜로 먹었다고 웃으면서 얘기했었다.

이렇게 우리는 제주에서 한 달도 안 돼 또 하나의 재미있는 에피소드를 만들며 제주도민이 되어가고 있었다.

본 격 적 인

집 짓 기

001

바닥기초

사부님을 만나다

게스트하우스를 할 계획으로 디자인하여 설계를 맡기고 착공계가 떨어지면서, 바닥기초에 들어갈 여러 재료들을 알아보러 여기저기 수소문하여 괜찮은 가설업체를 찾기 시작했다. 그 중 통화하면서 제일 호탕하고 친절하게 설명을 해준 업체를 찾아갔다.

곳곳에 나무들이 쌓여 있고, 알 수 없는(지금은 잘 알지만) 신기한 쇠파이프 같은 것들이 켜켜이 높게 쌓여 있었다. 큰 개 여러 마리가 한꺼번에 짖어대는 바람에 조금은 낯설고 어색했다. 사무실로 들어가자마자 사장님께서 친절하게 맞아주셔서 잠시 긴장을 풀었고, 때마침 사모님께서 타주신 달달한 믹스커피가 마음을 편하게 했다. 하지만 그것도 잠시, 남편이 와이프와 둘이 집을 짓겠다고 하니(그때의 사장님과 사모님 표정을 잊을 수가 없다) 1초 정도 뜸들이시다가 갑자기 크게 웃기 시작하셨다. 얼마나 어이가 없었으면 그러셨을까.

"이런 일 해봤어요?"

"아니요. 인테리어 일은 해봤어요!"

"인테리어랑 집을 짓는 건 전혀 다른 문제예요."

"처음이긴 한데… 혼자 하시는 분들도 있으시니까, 저도 배우면서 하면 할 수 있지 않을까 해서 서울 살 때 이것저것 자료도 보고 골조 공부도 많이 했어요."

"하… 참… 허허허허."

사장님은 계속 어이없어 하셨고 사모님은 이렇게 말씀하셨다.

"인테리어는 싫증나거나 하자가 생기면 뜯어내고 다시 하면 되지만, 집은 한번 잘못 지으면 평생 후회해요. 골조만이라도 공사업체에 맡겨요!! 그러다 큰일 나요!"

(이런 심각한 얘길 하시는데 그때의 사모님 얼굴이 왜 이렇게 예뻐 보이는지… 좀 뜬금없긴 하지만 나이에 비해 젊고 우아해 보이는 사모님이 이런 일을 하신다는 게 좀 신기해서 격앙되게 말씀하시는 사모님 얼굴을 뚫어져라 감상했었다)

약간의 팽팽한 긴장감 속에 서로 다른 온도 차를 느끼며, 나중에 재료 임대할 때 다시 전화를 드리기로 한 후, 우리는 돌덩어리 같은 마음을 안고 집으로 향했다. 차 안은 조용했지만, 우리의 머릿속이 복잡투성이라는 걸 말 안 해도 서로 알 수 있었다.

하지만 항상 결론은, 이미 엎질러진 물이니 할 수 없다! 사장님 바짓가랑이라도 붙들고 모르는 건 알 때까지 물어보자!였다. 그 이후로 전화로 귀찮게 해드리기 일쑤였으며, 도면 들고 사무실로 무작정 찾아가면 그림을 그려가며 설명도 해주시고, 맛있는 간식을 들고 직접 찾아오시기도 하고, 숙제 검사하듯 현장을 체크해주기도 하셨다. 그렇게 사모님 사장님은 우리의 집 짓기 스타트의 사부님이 되어주셨고, 지금도 우리를 적극적으로 지지해주고 계신다.

그건 땅 파는 삽이라 마시~~!

첫 삽! 내 집을 짓는 사람이라면 이 '첫 삽'의 가슴 설렘을 잊을 수 없다. 2014년 4월 17일. 아~ 드디어 이제 시작이구나! 이 허허벌판에 뭔가가 만들어진다는 흥분! 오늘은 우리 집 첫 삽을 뜨는 날이다.

포크레인 사장님은 이미 7시에 와서 준비하고 계셨고 터파기˚를 시작하기 위해 남편은 물 호수로 레벨을 보려 준비하고 있었다. 그러자 포크레인 사장님이 다급히 내려오시며 말씀하셨다.

"사장님 레벨기˚ 없수꽈?"

"네? 물 호수로 하면 되는 거 아니에요?"

"안 돼 마시! 빨리 가서 레벨기 사 옵서!"

부랴부랴 10분 거리에 있는 철물점에 가 레벨기를 사 왔다.

"사장님, 사 왔어요. 이거 맞죠?"

"폴대˚는 안 사 왔수꽈?"

"네? 뭐가 또 있어요?"

"폴대도 없이 레벨을 어찌 봐요, 참."

남편은 다시 쌩~ 하니 철물점으로 거의 로켓트 발사되듯 부리나케 다녀왔다.

"사장님, 이거요? 이거 맞죠?"

"레벨기는 볼줄 암수꽈?"

"…"

"자, 일로 와봐요."

포크레인 사장님은 남편에게 레벨기 눈금 보는 것부터 시작해 원리도 설명해주시고 이리저리 직접 시범을 보여주셨다.

지금 생각해보면 사장님이 포크레인 안에서 일하시는 것보다 답답해서 내려와 하나하나 설명해주신 시간이 더 많았던 것 같다. 사실, 본인일도 아닌걸 그렇게 세세히 챙겨주고 가르쳐주시는 분을 만나기란 쉽지 않았는데… 아무것도 모르는 우리가 둘이 집을 짓겠다고 하니 많이 걱정되셨던 것 같다. 중간중간 사장님은 "아, 진짜 혼자 지을 수 있겠어요?"라며 걱정 섞인 목소리로 반복해 물으시곤 했다.

여기저기 곳곳에 땅의 레벨을 맞춰본 후 터파기가 끝난 뒤, 포크레인

터파기 : 구조물을 건설할 때 그 부분의 흙을 파내는 것을 말한다.
레벨기, 폴대 : 건설시 수평 유지를 위해, 지점의 높낮이를 측량할 때 쓰는 도구

사장님께서 잡석다짐˚과 버림˚까지 다 끝내자고 제안하셨다. 사실 우리는 터파기 하나로 오늘 하루를 다 써버릴 줄 알고 골재며 공구리 (콘크리트)를 예약해놓지 않았던 터라 당황스러운 찰나, 눈치껏 포크레인 사장님이 어딘가로 전화를 거셨다.

"웅, 여기 하천리인데, 골재 한 차만 갔다 줍서! 빨리 갔다 줍서!"

"한 차면 얼마큼이에요?"

"한 차면 7루베˚. 여기 그 정도면 돼 마시."

얼마큼 시켜야 되는지 우리가 감도 없다는 걸 뻔히 아시기에 알아서 주문도 해주시고… 사실 그때 생각하면 창피하고 부끄럽기도 하지만, 한편으론 저분을 만나지 않았으면 어쩔 뻔했나, 안도감도 든다.

얼마 후 커다란 5톤 트럭이 골재를 한가득 싣고 온 걸 포크레인 사장님이 레벨에 맞게 쫙쫙 펴주셨다. 그 다음은 버림치기˚!

"웅, 여기 하천린데 공구리 좀 갔다 줍서. 여기 버림칠 거니까 25에 180에 18로 빨리 보내. 돈? 나 몰라요? 나 한○○인데, 내가 책임질 테니 빨리 물건부터 보내요!"

그렇게 레미콘 차가 30분 안에 도착하더니 골재 위에 공구리가 뿌려지기 시작했다.

"사장님! 삽 가져와서 공구리 부어진 데를 잘 피세요. 그리고 밀대 없수꽈? 밀대로 쫙쫙 피면서 수평을 맞추세요!"

현장엔 아직 작업공간이 없는 터라 부랴부랴 10분 거리에 있는 선배네 집에서 급한 대로 합판과 나무로 뚝딱뚝딱 밀대를 만들고 삽을 챙

거 현장으로 왔다. 그러고는 얼른 삽을 꺼내 수평을 맞추려는데….

"사장님! 그건 땅 파는 삽이라 마시! 아, 참. 하하하하하."

끝 모양이 뾰족한 삽. 삽… 삽… 삽… 내가 아는 삽은 원래 이렇게 생긴 건데. 남편은 바로 "아! 평삽" 짧게 탄식하며 또다시 철물점으로 미사일 쏘듯이 쌩~ 하니 번개처럼 날아가 평삽을 사 가지고 왔다.

그날은 그랬다. 정신은 하나도 없고, 마음은 급하고, 그래도 사장님이 중심을 잡고 일사천리로 일을 해결해주셔서 온전하게 하루가 꽉 찬 기분이랄까? 그 후로도 포크레인 사장님은 한번씩 들르셔서 우리 집이 지어지는 걸 대견해하시고 신기해하셨다.

지금까지도 서로 연락을 하며 장비가 필요한 날엔 언제든지 달려와 주시고, 본인이 못 오실 땐 다른 좋은 분을 소개해주시기도 했다.

시골에 있다 보니, 외지 사람이 이런 장비임대라든가 그때그때 스케줄에 맞게 사람을 구한다거나 하는 것들이 얼마나 어려운 일인지 알게 되었기에, 그 날 내 집처럼 신경 써주시고 애써주신 포크레인 사장님께 미흡한 글솜씨로나마 지면에서 감사를 드리고 싶다.

가마리 한시성 사장님! 감사해요~!!

잡석다짐 : 골재를 이용하여 땅을 단단히 다지는 일
버림치기 : 기초, 지중보, 토방 콘크리트 등의 밑에 전처리로서 표면을 수평으로 매끄럽게 하기 위해 타입되는 콘크리트. 먹매김을 위해 타입되기도 한다.
루베 : 1m²의 입방면체 단위

1. 2014년 4월 17일 드디어 터파기 시작! 내집처럼 일해주신 포크레인 사장님과 하루 종일 얼래빌레였던 남편님.

2. 변변한 작업복이 없어 급하게 차려입은 나의 한심한 일복패션!! 그래도 삽질은 잘하는 걸 보면 복장보단 마음이 중요한 듯~

기초판까진 순조로웠다. 가로, 세로 묶어나가는 철근도 이게 우리 집 바닥이라고 생각하니 고무줄놀이나 기차 길처럼 정감 있는 모양으로만 보였고, 결속선˚으로 묶어 단단히 고정하는 일도 생각보다 재미있어서 많이 또 빨리 하고 싶은, 욕심나는 일 중 하나가 되었다.

그리고 지중보˚를 세우는 날이었다. 든든하게 주문해놓은 철근들을 도면에 나온 대로 양을 산출해 커팅하고, 밴딩기˚로 꺾어 드디어 결속선으로 묶는데… 어라? 왜 묶었는데도 쓰러지고, 묶었는데도 쓰러지고, 뭐가 잘못된 거지? 너무 살살 묶었나? 괜히 불안한 마음에 결속선을 두 줄로 해서 묶어봐도(나중에 전기 사장님이 내가 두 줄로 묶는 걸 보시고 살짝 픽! 웃으시는 걸 본 이후로 다시 한 줄로 묶었다) 쓰러지긴 매한가지. 아직 한여름도 아닌 4월인데, 쏟아지는 햇볕이 시멘트 바닥에 이글이글 타올라 점점 인내심에 한계가 다가오고 있었다. 그러던 중 남편이 갑자기 외쳤다.

"안되겠다! ○○가설 사장님께 전화해보자!"

"그때 우리가 직접 짓는다고 해서 반대하셨는데, 이것도 못하는 거

결속선 : 철근과 철근을 묶을 때 쓰는 얇은 철사
지중보 : 땅속에 설치되어 기둥과 기둥을 잡아주는 구조부재
밴딩기 : 철근, 또는 파이프 등을 원하는 각도로 꺾기 위해 쓰는 기계

보면 비웃으시겠다." (이눔의 자존심은 육지에서 버리고 올걸. 앞으로도 이럴 일이 많을 텐데,생각했었다. 하지만 점점 자존심의 자? 자는 먹는 건지 입는 건지도 모르게 안드로메다로 날아가 버렸다)

그렇게 남편이 사장님과 한참을 통화하더니 결국엔 "감사합니다" 로 끝이 났다.

"뭐라서? 사장님이 설명해주신 거 알아들었어?"

"아니, 그게 아니라… 사장님이 직접 오신다고 기다리래."

"여기로? 직접?"

사실 사장님 사무실에서 이곳 표선까지 가까운 거리는 아니기에 괜히 죄송하고 염치없는 마음이 들었다. 그렇게 40여 분이 지나 사장님께서 밝은 얼굴로 차에서 내리시곤 성큼성큼 걸어오셨다.

"자! 잘 들어요. 여기랑 저기랑 먼저 묶고, 저기랑 여기랑 묶고, 그 다음부터 안쪽 것들을 쫙쫙쫙 묶어 나가면 돼요!"

그때 우리를 너무 강력하게 말리고 반대하셔서 오셔서도 사실, 꾸중하실까봐 걱정했는데 오히려 너무 친절하게 직접 가르쳐주셔서 너무 감사하고 죄송했다.

어떤 사람 기준에는 별거 아닌 문제에 별거 아닌 베풂으로 보여질 수 있겠지만, 내가 모르는 전혀 다른 분야에서의 막힘은 그 문제의 난이도와 상관없이 쉽게 좌절하고 흔들리게 된다. 그래서 그날 더더욱 많이 감사했고, 기억에서 지워지지 않는 날이 되었다.

사장님은 주의사항들을 남편에게 얘기해주시면서 모르는 것 있으면

줄기초 풋팅배근작업

또 전화하라는 말씀을 남기시곤, 바쁘게 또 다른 현장으로 가셨다.

역시, 큰 사업 하시는 사장님은 배포가 다르시구나. 난 고작 첫 만남이 좀 냉랭했다고 삐뚤게 보실 거라는 얄팍한 생각을 하다니….

사장님 말씀대로 모서리의 기준점들을 묶어나가기 시작하니 지지대가 세워지듯 철근들이 하나씩 자리를 잡아 쓰러지지 않았다. 마음만 앞서서 무조건 빨리 하려고 앞의 것만 묶어나간 게 잘못이었다. 조금만 원리를 생각해봤다면 못할 것도 아니었을 것 같은데 너무 미련한 것 같아 갑자기 앞날이 걱정되기 시작했다.

우리가 앞으로 헤쳐 나가야 할 일들이 이것 말고도 산처럼 쌓여 있을 텐데 제발! 눈앞의 것만 보지 말고 전체를 읽을 수 있는 능력을 키울 수 있기를 바라는 마음뿐이다.

유로 폼이 터지다

지중보 작업이 다 끝나고 유로 폼˚도 ○○가설 사장님이 직접 도면에 사이즈별로 배치도를 그려주셔서 쉽게 형틀 작업을 끝낼 수 있었다.

드디어 D-day 아침… 바이브레이터˚는 찌꾸가 도와주기로 했고, 그런 김에 뿔리에게도 구경하러 현장에 놀러오라고 했다.

범프 카가 도착하고, 레미콘 차가 한 대씩 오기 시작하면서 이번에 공구리를 부으면 드디어 우리 집 바닥의 구조가 보이겠구나 하는 생각에 흥분되고 마음이 설레었다. 레미콘 차가 공구리를 범프 카에 부어주면 범프 카가 큰 소리를 내며 쭉쭉쭉 공구리를 토해내듯 뿜어주기 시작했고, 뒤따라서 찌꾸가 바이브레이터를 이용해 공구리가 골고루 밑에까지 들어갈 수 있게 진동을 울리며 꼼꼼히 처리해주었다. 우리는 그렇게 순조롭게 끝날줄 알았다. 그런데 갑자기 꾸~~~~욱! 하는 소리와 함께 한쪽 거푸집이 밀리면서 터지기 시작했다. 공구리는 타들어가는 우리 마음과 다르게 벌어진 틈새로 용암처럼 쏟아져 나왔고, 또 다른 쪽에서도 마찬가지로 공구리가 새어 나오는 중이었다. 남편의 얼굴은 사색이 되어 당황하기 시작했다.

"뿔리! 반생이 좀! 빨리!"

뿔리는 절뚝거리면서도(뿔리가 며칠 전에 짐을 옮기다가 발가락을 찧어 다리를 절뚝거릴 때였다. 놀러오라고 안 했으면 어쩔 뻔했을까) 최대한 신속하고 빠르게 반생이를 잘라 갖다주기 바빴고 남편은 다른 쪽 틈새도 벌어질 것 같은 부분들은 모두 다 찾아내 이리 뛰고 저리 뛰며 반생이를 묶어주었다. 그렇게 전쟁같았던 타설이 끝나고 처참하게 밀린 거푸집들을 보면서 남편은 한숨만 푹푹 내쉬었다.

뿔리는 "뭐야! 재미있다고 구경오라 해놓고, 나 안 왔으면 어쩔 뻔했

> 유로 폼 : 콘크리트 가설물을 일정한 크기나 형태로 만들기 위해 굳지 않은 콘크리트를 부어넣어 원하는 강도에 도달할 때까지 양생 및 지지하는 가설 구조물
> 바이브레이터 : 콘크리트를 부어넣을 때 진동을 주어 골고루 들어갈 수 있게 해주는 기계

어, 오빠!" 라며 긴장이 풀린 말투로 웃으며 얘기했다.

며칠 뒤 ○○가설 사장님이 오셔서 현장을 보고는 왜 플랫타이를 안 했냐며 남편에게 화를 내셨다. 플랫타이란 안쪽 폼과 바깥쪽 폼을 잡아주는 역할을 하는 것으로, 콘크리트 무게에 의해 폼이 벌어지는 것을 방지해주므로 일부러 사장님이 유로 폼 배치도를 그려주실 때 플랫타이를 할 수 있게 안쪽과 바깥쪽 폼 사이즈를 맞게 그려주신 거라고 했다.

앗차! 우리는 왜 그걸 몰랐을까? 앞으로 또 얼마나 많은 것들을 놓치고 이런 실수를 하게 될까? 거푸집이 좀 터졌다고 집이 무너지는 건 아니라고 다들 위로해주었지만, 남편의 마음은 그날 무너지기만을 반복하는 대참사의 날이었다.

이런 기분을 여자인 나로선 무엇으로 표현해야 될지? 남편을 위해 열심히 끓인 김치찌개를 식탁으로 가져가다 확 엎은 기분? 아님 열심히 김장을 담갔는데 알고 보니 마늘 갈아놓은 걸 빠뜨렸을 때? 아, 이런 걸로 비교가 될진 모르겠지만 아무튼 그 날은 우리 둘 다 한라산 없인 잠이 들 수 없었다. 그후로 우리는 타설이 잡힌 날에는 그 전까지 모든 보강이란 보강은 철저히 하는, 비록 나중에 바라시˚가 힘들더라도 모든 보강의 경계태세를 늦추지 않는 트라우마가 생겼다.

바라시 : 유로 폼 또는 거푸집 탈영을 뜻하는 막노동 용어

이월이 가출사건

여느 때처럼 똑같이, 해가 지고 저녁이 되면 녹초가 되어 집으로 향하는 날이었다. 마을회관에 주차를 하고 좁은 골목 맨끝 집으로 퉁퉁 부은 다리를 옮기며 정말 아무 생각 없이 집으로 터벅터벅 걸어 들어갔다. 그런데 뭔가 이상했다. 이월이! 이월이가 없어진 것이다.

소개가 늦었지만 우리한테는 육지에서부터 키운 작은 유기견 한 마리가 있다. 제주도에 이사 오면 맘껏 뛰어놀게 해줄게,라고 철썩 같이 약속을 했는데(역시, 약속은 함부로 하는 게 아니다) 쉬는 날도 없이 매일 해뜨면 나가고 해지면 들어오는 생활이 되어버려, 산책이라고 해봤자 어쩌다 한번씩 잠깐….

그러니 요 녀석도 단단히 심통이 났던 모양이다. 글쎄 방충망을 찢어놓곤 흔적도 없이 사라진 것이었다.

평상시엔 나가도 과수원이 넓으니 그쪽으로만 다녔었는데, 아무리 불러봐도 개미새끼 한 마리 지나가는 소리도 나지 않았다. 사실 여러 번 나가고 싶다고 이글이글한 눈으로 말하는 걸 무시하고 있던 터라, 한번 사단이 나도 나겠다 싶었는데, 오늘이 그 날이었다.

시간은 계속 흘러 완전 깜깜한 밤이 되어 골목골목 잘 보이지도 않는 불안한 시간이 엄습해오기 시작했다. 남편과 이리저리 뛰어다니며 계속 찾아봐도 꼬리털 한 개 보이지 않았다.

집 앞에서 조금만 내려가면 4차선 도로라서 점점 마음이 복잡해져왔다. 설마,설마, 요동치는 마음을 진정시키며 계속 빌었다. 제주도에는 개, 고양이, 노루 등 동물들이 많아서 차를 타고 가다 보면 심심치 않게 목격할 수 있는 게 로드킬이라 내 심장은 점점 멎어오는 것 같았다. 이렇게는 안 되겠다 싶어 남편과 차를 타고 나가 멀리까지 찾아보기로 했다.

차에 타면서부터 눈물이 쏟아져 남편한테 "우리 이월이 만약에 도로에 붙어 있으면(왜 나도 모르게 이런 표현을 했는지…) 어떡해! 그래도 난 떼어서 데리고 올 거야!" 라고 마구 소리를 질러댔다. 남편도 상상하기 싫은지 아닐 거라고 계속 나를 진정시키면서도 불안해하긴 마찬가지였다.

그런데 4차선을 지나(도대체 차가 쌩쌩 다니는 그 길을 어떻게 건너갔는지) 평소에 시간 날 때 이월이와 다니던 해변도로로 들어서자 후질근한 개 한 마리가 바로 눈에 들어왔다.

"이월아!!"

차를 곧장 세우고 미친 듯이 뛰어가 이월이를 낚아채듯 잡아 차에 태웠다. 도대체 언제 나갔는지 온몸이 흙투성이에 바들바들 떨고 있는 게 꼴이 말이 아니었다.

집에 데려와 일단 목욕부터 시키면서, 화를 냈다가 미안해했다가 다행이라 그랬다가 혼을 냈다가 정말 그날 밤은 제정신이 아니었다.

목욕을 시킨 후 드라이를 해주면서 보니 머리서부터 배까지 발톱으로 긁힌 빨갛고 선명한 자국들이 눈에 들어왔다. 속상하고 화나는 마음이 단전에서부터 끓어올라와 눈물이 터지기 시작했다.

"이 자식! 어디 가서 맞고 다니고! 그러게 누가 집 나가래!"

남편도 속상해서 내일 날이 밝는 대로 동네 개들 발 사이즈를 다 대조해서 범인을 잡아낼 거라며, 가만 안 두겠다고 씩씩거렸다. 지금이야 그 말 했던 걸 서로 웃겨 배꼽잡고 데굴데굴 구르지만, 그땐 정말 CSI 못지않게 범인을 색출해내겠다는 마음이 냉철하고 칼 같았다.

그후부터 이월이를 아침에 10분 20분이라도 꼭 과수원에서 뛰어놀게 했고, 정말 죽을 만큼 쉬고 싶은 날에도 저녁산책을 시켜주곤 했다. 제주에 이주해서 이리저리 이사도 같이 다니며, 너무 정에 목말랐던 이월이에게, 한국말이 제대로 통한다면 수고했고, 미안하고, 사랑한다고 말해주고 싶다.

언제나 영원한 달춤을 꿈꾸는
자유부인 이월이!
고생 많았다.

002

드디어 ALC블럭을
쌓기 시작하다

 # 부지런해야 사는 전원생활

가까스로 한 달이 지나 바닥기초가 끝나고 정말 오래간만에 여유가 생겼다. 그때서야 과수원에 귤꽃들이 진 자리에 종알종알 귤들이 달린 것도 보이고 또 언제 커졌는지 모르게 매실이 빽빽하게 영글어 있는 것도 눈에 들어왔다.

아침에 늦게 일어나 커피 한잔을 마시며 멍하게 과수원을 바라보다 매실을 지금 안 따면 다 노랗게 상해 떨어져버린다는 동네 마트 아주머니 얘기가 생각이 나 나도 모르게 잔을 든 채로 매실을 하나씩 따기 시작했다.

처음엔 일단 조금만 따야지 하는 마음이었는데 점점점 욕심이 생겨 속도가 붙기 시작했고, 결국 쉬고 있는 남편까지 동원해 본격적으로 따기 시작했다.

다시 한 번 어이없는 내 복장…
급한 마음에 따기 시작한 매실들은
노란 컨테이너 박스로 2박스~
그 해 담근 매실 장아찌는
어머님 뱃속에~
매실주는 내 뱃속에~

매화꽃이 필 땐 많이 펴서 눈처럼 흐드러지게 날리는 이파리가 그렇게 곱고 예쁘더니 그 꽃들이 다 매실이 되어 내 일감이 되는구나 싶어 아이러니해졌다. 그렇다고 안 따서 썩게 하면 그것도 낭비일 것 같고… 그냥 오늘 하루는 이걸 다 따고 어른들께 보내드려야겠다 마음먹었다.

보기에 이뿐 매실나무는 어쩜 이리 뾰족하고 거친지 여기저기 긁힌 것도 모자라, 과수원엔 또 모기가 왜 이렇게 많은지 잘 때 입고 있었던 민소매 원피스 위에 부랴부랴 티 하나만 더 걸친 채 모기를 막으려 해도 모기는 사돈에 팔촌까지 끌고 와 물어뜯어 정신을 못 차릴 지경이었다.

시골어른들이 여름에 더워도 꽁꽁 싸매고 일하시는 게 꼭 자외선 때문만은 아니었구나,라는 큰 교훈을 얻은 채 우리는 모기 잔치상이 되어 퉁퉁 부은 다리와 팔, 눈, 목덜미를 액세서리 삼아 모기지옥에서 탈출할 수 있었다.

그날 우리가 수확한 매실은 총 100킬로그램 정도. 이집 저집 한 상자씩 포장해 보내드리니 은근히 뿌듯하고 보람되었다. 하지만 뒤돌아 과수원에 있는 여러 그루의 귤나무들을 본 순간 귤나무들이 짐짝처럼 느껴지기 시작했다.

아이고, 우리는 겨우 하루 일하고 이렇게 힘든데, 이 일을 생업으로 하시는 분들은 얼마나 고되실까?

매실을 수확한 후로도 성탄절 트리처럼 자라난 상추들을 쌈 싸먹고, 무쳐먹고, 이리저리 늘어진 토마토와 고추들을 재정비해주며 "욕심도 많았지. 이걸 누가 다 먹는다고 이리도 많이 심었을까" 자책도 했더랬다. 남편도 상추가 은근히 지겨웠는지 이러다 상추똥만 싸겠다며 우스개 소리와 함께 불만 아닌 불만을 내비쳤다.

전원생활의 자급자족도 역시 쉬운 게 아니라는 당연한 깨달음을 얻으며, 다음부턴 상추를 2인분만 심겠다는 다짐도 했다.

#블럭 쌓기

공구리가 양생하는 기간 동안 주문한 ALC블럭이 도착했다. 드디어

진짜 본격적인 블럭 쌓기가 시작되는구나! 긴장 반 설렘 반으로 양생한 기초 바닥에 먹줄을 표시하고 레벨을 본 후 드디어 첫 단을 올려놓기 전에~ ALC를 붙이기 위한 접착제를 만들어야 했다.

시멘트와 모래를 1:3으로 넣고 물과 잘 섞어주는 것. 사실 레미탈(시멘트와 모래가 적정량 섞여 나온 제품)을 사용하면 더욱 편하게 작업할 수 있겠지만, 공사비를 아껴야 하는 우리에겐 가격이 만만치 않아 조금 수고스러워도 직접 조제해서 쓰는 방법을 택했다.

한 번에 많은 양을 붙이면 교방기로 윙~ 섞어 대량 만들어 놓으면 좋은데, 우린 꼴랑 둘이 작업을 하니 많은 양의 시멘트는 나중에 굳어버려, 버리는 게 더 많은 셈이 되어 결국엔 큰 대야를 놓고 완 코팅 장갑으로 무장한 뒤 가내수공업적으로 재료를 잘 섞어주었다. 하지만 물을 먹은 시멘트와 모래를 잘 뒤적거리기란 여간 어려운 일이 아니었다. 그래도 요 고비를 넘기면 우리 집 '첫 단'이 생기는구나! 라는 기대감에 힘든 줄 모르고 일을 했다.

60평 남짓 되는 건물에 첫 단을 쌓기까지 3일이 걸렸다. 집에 구획이 나눠지니 방이 생기고 화장실이 생기고 거실이 생기고, 누가 보면 이게 뭐야? 하겠지만 내 눈에는 벌써부터 멋진 집처럼 보이는 사심은 어쩔 수 없다.

하루하루가 블럭 쌓는 즐거움이었다. 블럭이 한 단 한 단 올라갈수록 그늘이 생기고, 고마운 그늘이 생기니 찌는 듯한 더위에 피할 곳이 생기고, 벽에 기대어 커피를 마시며 쉴 수 있는 공간이란 곳이 생겼다.

여름이라 더욱 눈이 부셨던 ALC들.
덕분에 내 얼굴에 깨들은
털어내면 서 많은 넘게 나올 듯
무럭무럭 생겨나고 있었다.

우리의 복장이 올바르게? 되어갈수록 블럭의 단수는 점점 높아져 평면이었던 바닥은 공간으로 바뀌어가고, 남편은 초코우유 못지않은 달달한 피부색으로 바뀌어가고 있었다.

자칫 처량맞아 보이는 사진일 수 있겠지만, 등을 기댈 수 있는 벽이 있다는 것에 매일을 감사하며 하루하루를 보낼 때라는 거~ 오해하지 마시길~

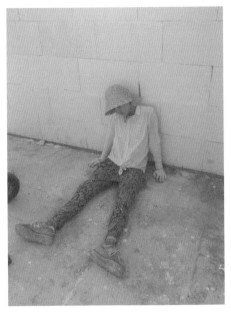

6단 정도 쌓으니 남편이 어디서 일하는지 보이지 않을 만큼 높은 벽이 되어가고 있어 신기하면서도 기분 좋아 밥을 먹지 않아도 배부른 나날들이었다.

한번은 내가 7단을 쌓을 때 우마를 밟고 올라가다 블럭을 안고 있는 와중에 잘못 디뎌 뒤로 넘어간 적이 있었다. 남편은 나를 보고 놀라 소리쳤는데, 그때 남편의 말론 블럭을 가슴에 안고 뒤로 넘어간 내가 웃고 있었다고 한다.

그땐 그랬다. 아무리 힘들어도 한 단 한 단 올라가서 쌓이는 기분이 통장에 돈 쌓이는 것처럼 배부른 마음이라 힘들어도 힘들지 않은…. 머리가 철저히 몸을 지배하는 즐거운 노동의 시간이었다. 그렇게 총 9단을 쌓기까지 10일이 걸렸다. 우리 집에 벽! 이라는 것이 생겼다.

진짜 뱀?! 소동!

일을 끝내고 더위에 지쳐 집에 들어가는 어느 날이었다. 좁은 골목을 지나 넓은 과수원을 지나 우리 집 현관 앞… 그런데 좀 이상했다. 멀리서 오면서부터 현관에 뭔가 미친 듯이 춤을 추듯 꿈틀거리고 있는 잔상이 처음엔 지렁인가? (제주도 지렁이는 육지에서 본 비주얼과는 전혀 다르게 굉장히 오동통하고 길어, 간혹 뱀이라고 착각할 만하다) 했다가 점점 앞으로 앞으로 갈수록 거대하게 커지는 것이었다.

과연 그것은 정말 동물원에서 봤던! 어릴 적 백과사전에서 봤던 뱀이었다! 그러고 보면 아침부터 이상했다. 계란은 아니고… 이상한 알? 껍데기가 우리 집 텃밭 앞에 놓여져, 아니 쪼개져 있었다. 메추리알보단 크고 계란보단 작은? 약간 알록달록 검은 점무늬가 있는. 내가 웃으면서 그랬다.

"요즘 밭에 뱀이 많이 나온다고 하던데, 이거 뱀알 아니야?"

파충류를 끔찍이 싫어하는 남편은 농담이라도 그런 소리 말라며 내 앞에서 손사래를 치며 펄쩍 뛰었다. 하지만 인생이 얄궂은 것처럼 지금 남편은 뱀 앞에서 탭댄스를 추듯 펄쩍 뛰고 있다.

정말 미스코리아처럼 미끈하게 길며 움직일 때마다 반짝반짝 윤이 나는 뱀은 어디론가 도망 갈 곳을 찾으며 미친 듯이 현관에서 꿈틀거리고 있었다.

아! 어쩌지. 분명 신랑은 손도 못 댈 거고… 그때 내 눈앞에 마당에 쓰레기를 주울 때 쓰던 커다란 집게가 눈에 들어왔다. 나도 맨손으로 잡는 건 영 자신이 없어 얼른 집게를 들고 TV에서 보던 대로 뱀의 머리를 꽉! 눌렀다! 그랬더니 뱀이 정말 아무런 저항도 못한 채 빠져나가려고 힘들어했다. 좀 안타까워 보였다.

들어서 길이를 재보니 채 1미터도 안 되는 새끼인 듯 했다. 근데 얘를 죽일 수도 없고, 밤새 계속 들고 있을 수도 없고, 잠깐 고민을 하다 제일 안쪽 과수원에 풀어주기로 했다. 아쉬운 마음에 휴대폰 인증샷을 찍고 풀어주었다.

휴대폰 인증샷 때문에 남편과 한밤에 투닥거림이 있었지만, 남편은 울며 겨자 먹기로 찍사가 되어 뱀을 들고 있는 나를 끙끙대며 찍어주었다. 나는 동물원에서만 보던 뱀을 직접 볼 수 있었다는 것에 그냥 놓아주고 싶지 않았다. 물론 다행히 새끼라서 생명에 위협을 느낄 만큼이 아니었기 때문에 이런 여유?가 있었겠지만 아! 내가 정말 이런 시골에 살고 있구나,하는 경이로움이 느껴지는 순간이었다.

요전날 꿩도 그랬었다. 예전에 정물수채화 할 때나 보던 가짜 꿩이 진짜 리얼이 되어 우리집 마당에 떡! 하니 나와 1:1로 마주쳤을 때, 내가 정말 시골에 사는구나 내가 정말 제주에 사는구나를 온몸으로 느꼈다. 뭔가 뿌듯하다고 할까, 육지에서의 삶이 그랬던 것 같다. 아무 경험도 없으면서 머리로만 이해하고 머리로만 판단하는 삶. 뭐 가끔 이성적 판단이라는 멋진 말로 포장되기도 하지만, 내가 머리를 쓰기도 전에 내 몸이 먼저 반응해서 지우려 해도 지워지지 않는, 멋진 영화를 보고 나면 그 여운이 몇 달을 가 내 삶이 꽉 채워진 것 같은 위로를 받을 때처럼, 그런 삶을 제주에서 살고 싶었다. 그래서 오늘밤의 뱀 소동도, 꿩도, 매실도, 그리고 우리집도… 꿈같지만, 현실이 되어 제주에서의 하루하루를 꽉꽉 채워주고 있었다.

003

2층 슬라브

two by, four by… mm, cm???

한여름… 그렇게 우리집에 벽!이 생겼다. 보기만 해도 배부른 벽들을 보면서 우리집에 뚜껑 덮일 날만을 상상했다. 그런데 이 막연한 불안 감은 뭔가. 지금까지와는 좀 차원이 다른, 바닥 작업은 그래도 바닥이라 조금 만만한? 벽은 테트리스처럼 잘 쌓기만 하면 될 것 같은 괜한 자신감? 그런데 천장은 왠지 조금만 잘못하면 내 머리 위로 우루루 떨어질 것 같은 극한 공포감이 드는 건 왜인지. 우리는 여러 가지 상황을 고려해 슬라브 작업에는 찌꾸, 뿔리에게 도움을 청하기로 했다.
아무래도 둘보단 넷이 2배가 아닌 3배, 4배의 효과를 가져올 거라 기대하며 보름 동안의 2층 슬라브 작업을 계획했다.
하루는 ○○가설 사장님부부가 현장에 오셔서 슬라브 작업에 대해 이것저것 설명을 해주셨다. 사모님이 슬쩍 내 옆으로 오시더니 "세상에. 이게 무슨 고생이야! 이런 걸 여자가 왜 해? 나 같으면 이혼했어!"

서 멀리서부터 우리집이 보인다는 신기한 경험을 하게 해준 날들…

라고 하시며 여지까지 둘이 이만큼 진행한 것에 감탄 반, 걱정 반을
하셨다. 항상 우리 걱정을 먼저 해주시고 하나라도 더 챙겨주시려고
하시는 사모님인걸 알기에 계속 웃기만 했던 기억이 난다.

우리는 합판과 각재, 서포터, 각관 등의 물량을 산출해놓고, 필요한
모든 공구들을 재정비하며 준비했다. 마치 전쟁터에 나가는 군인처
럼 총알을 빵빵하게 채워넣는 기분이랄까? 서로 파트를 분리해 남자
들이 불러준 각재 사이즈를 슬라이딩 톱으로 잘라 올려주는 게 여자
들 몫이었다. 그런데 생전 안 하던 일이니 이 모든 재료들이 전부 다
낯선 이름들로 빨리빨리 못 알아듣는 내가 너무 답답한 노릇이었다.
"two by˚로 1105 좀 잘라줘!"
도대체 왜 cm를 mm로 바꿔 부르는지… 누가 키를 물어보면 173이라
고 말하지 1730라고는 말하지 않는데. 게다가 왜 이렇게 cm와 mm가
빨리 전환이 안 되는지. 여러 번 자르기를 반복하다 보면 어느 순간

작업화가 없어서
급한 대로 아무거나 신었던….

초점 잃은 해태 눈이 되어 나는 시원하게 1005를 잘라서 올려주기도
했었다. 그럼, 무거운 레일건˚을 들고 준비하던 남편은 힘없이 팔을
떨어뜨린 채 허탈한 웃음을 지으며 어이없어 하기도 수차례, 이런 실
수를 하루에도 몇 번씩 반복하는 날에는 괜한 각재들만 막대과자 잘
라 먹듯 줄어들어 꼭 주머니 속 돈이 줄어드는 기분이었다. 게다가 비
라도 오면 각재들이 물을 먹어 얼마나 무거운지. 물을 먹은 2미터가
넘는 긴 각재들을 들다 보면 그 날은 어깨가 메롱이 되어 파스로 도배
를 해도 풀리지가 않아 밤잠을 설치기도 많이 했다.

한번은 꿈속에서도 무거운 각재들을 운반하는데 어찌나 무거운지 어
금니 꽉! 깨물고 들려고 해도 엑스칼리버 검인 양 안 들려 피곤한 상
태로 꿈에서 깬 적도 있었다. 그럴 때면 남편은 "당신 어제 밤에 이빨

two by : 목재의 공칭치수(인치) 2×4, 2×8, 2×10, 2×12 등의 규격치수
레일건 : 목조건설에서 많이 사용하는 것으로, 자동으로 못이 박히게 하는 건 타
입의 도구

온몸이 물이 되어 녹아내리는 듯한 날에도
내 눈 앞에 갑자기 펼쳐진
멋진 공사 풍경을 볼 때면,
이 거칠고 삭막한 곳에도
숨이라는 게 느껴져
이렇게 얻어진 공간에
감사함이 자리 잡을 때가 있다.

각관을 받쳐 합판을 덮고,
서포터로 촘촘히 받쳐놓으니,
쏟아지는 햇빛도 추적추적 빗방울도
천하무적 요새인 양 다 막아주는 것에
그저 뿌듯한 뿐이라
고개 들어 천장을 보는 일이
내 나름의 힐링이었다.

무지하게 갈더라. 나 한숨도 못 잤어…." 그럼, 또 난 지지 않고 "나도 어제 꿈에 그 무거운 걸 드느라고 얼마나 용을 썼는 줄 알아! 꿈에서도 일을 하느라고 잠을 못자 아주!" 라고 도리어 화를 내기도 했다.

그렇게 며칠이 지나 합판작업을 끝내고 각관들을 올려 배열하고 스티로폼을 깔아놓으니 완벽하진 않지만 집에 천장이 생겨 비가 와도 비를 맞고 일을 하지 않아도 되는 신기한? 일이 생겼다!

"오! 놀라워라~ 우리집에서 비를 피할 수 있다니!! Jesus~!"

남편과 나는 '역시 비 안 새고 따뜻한 집이 있으면 최고'라고 벌써부터 집을 다 지은 것처럼 신이 났다. 점심 먹고 쉴 때도 시원한 그늘에서 쉴 수 있다는 것에 감사하고 신기해서, 서포터가 촘촘히 받쳐져 있는 천장을 바라보며 꿀잠을 청하기도 했다.

생각해보면 슬라브 공사는 대학 때 많이 하던 폴리 뜨는 작업과 비슷했다. 기본 흙 작업이 끝나면 외형에 석고 작업을 한 후 다시 석고 틀에 폴리를 이용해 외형을 뽑아내는 작업! 슬라브 공정도 합판과 각재들, 혹은 유로 폼을 이용해 거푸집이라는 외형 틀을 짠 후 보온에 필요한 단열재를 넣고, 뼈대가 되는 철근작업을 한 후 공구리를 부어 외형을 뽑아내는 공정. 물론, 거기에는 철저한 계산과 기술력이 들어가겠지만, 그 집의 디자인을 뽑아내는 과정과 조형물을 만들어내는 과정이 매우 흡사하다는 생각이 들어 조금씩 이해가 되기 시작했다.

마치 거대한 조형물을 만들어내는 기분이랄까? 우리집이 하나의 부부 공동과제전처럼 느껴지는 날들의 연속이었다.

엉덩이 방석에 감사하다

마을길을 걷다 보면 계절마다 밭에 심어진 작물들이 다 다른, 보는 재미를 느낄 수 있다. 무, 콩, 양배추, 고구마, 감자 등 수확철이 되면 컬러풀한 작업복으로 무장하신 할머니들이 쪼그리고 앉아서 빠른 손놀림으로 작물들을 분류해서 담으시는 풍경을 쉽게 볼 수 있다. 그럴 때면 항상 어김없이 할머님들 엉덩이에 함께하는 엉덩이 방석이 있다.

아~! 나도 이 엉덩이 방석을 처음 발명한 사람을 알게 된다면 진심어린 손편지라도 쓰고 싶을 만큼 감사한 마음을 전하고 싶다.

무한반복 철근 묶는 작업을 하다 보면 몇 시간을 쪼그리고 앉아 허리를 펼 틈이 없이 결속선으로 계속 묶어줘야 하는데, 이 엉덩이 방석이 없었다면 아마도 내 도가니는 다 닳아 없어지지 않았을까 싶다.

엉덩이 방석은 진정 시골 국물처럼 찐한 인간미가 담겨 있는 훌륭한 발명품이란 생각도 해본다. 아무튼 이렇게 힘든 와중에도 어쩔 땐 경쟁심리가 생겨, 우리 넷은 구획을 나눠 누가 빨리 묶나 시합을 하기도 했고, 그럴 때면 나는 곧잘 1등을 거머쥐어 '이거 전공을 바꿔야 하는 거 아닌가?' 라는 어이없는 고민도 하며 혼자만의 뿌듯한 성취감에 빠지기도 했다.

아무리 힘들어도 중간중간 웃을 일이 생기고, 감사하는 일이 생겼다. 다시 한 번 집을 짓는 이 과정 속에서 겸손해지고, 고마워지고, 제주가 새삼 더 좋아지고 있었다.

#그렇게 천장이 생기다

서로의 땀냄새가 익숙해지고, 모기에 뜯기는 횟수가 많아질수록 우리의 작업은 박차를 더했다. 그렇게 안팎으로 거푸집을 짱짱하게 짜놓고 열심히 배운 나비 반생이까지 꾸~욱 소리가 나게 틀어놓으며, 우리는 타설 준비를 마쳤다.

밤잠을 설칠 만큼 기다렸던 슬라브 타설 날이 되어 아침 일찍 펌프 카와 레미콘 차가 한 대씩 도착했다. 저번 마지막 타설에 유로 폼이 터진 기억이 있어 아침에 눈뜨면서부터 기도했다. '제발 터지지만 말길… 터지지만 말길' 계속 주문처럼 읊조릴 때 큰 소리를 내며 펌프카가 시멘트를 쏟아내기 시작했고, 붐 대를 잡은 긴장된 남편 얼굴에 시멘트가 튀기 시작했다. 뽈리와 나는 건물 전체를 돌아다니며 혹시라도 벌어지는 틈새가 있나 확인하면서 우리 집 천장에 드디어 시멘트가 부어지는 역사적인 순간을 지켜보았다.

갑자기 가슴이 콩닥콩닥 뛰며, 끝난 것도 아닌데 여지까지 힘들었던 일들도 스치고, 괜시리 가슴이 찡해져 이건 무슨 감정인가 싶기도 했다. 그렇게 여러 가지 감정이 휘몰아치는 순간에 우리 집 2층 슬라브에 시멘트가 가득 부어지고 시멘트물이 벽을 타고 흐르기 시작했다. 서포트가 공구리 무게에 파르르 떨리는데, 와~ 정말 이 공구리 무게가 장난이 아니구나 라는 생각과 함께, 그래도 여지까지 아무 사고 없이 잘 버텨준 게 신기하다는 마음이 들기 시작한건 왜인지.

이월이가 기분이 제일 좋을 때는
해변도로를 산책하며, 마구마구 찍! 찍! 영역표시를 할 때!
내가 기분이 좋을 때는
저런 복장을 하고도 아무 눈총을 받지 않을 때!

내 앞에 무수히 펼쳐진 교차로 지점들은
내 엉덩이와 함께할 엉덩이 방석만 있다면,
얼마든지 묶어나가 주겠다!!!

세상 제일 더운 날,
우리집 바라시 밑을
책임지고 해준 탱크!
지금 생각해도
나중 생각해도
고마와ᅳ!

하루는 서포트 받치는 작업을 쉴 새 없이 하고 있을 때였다. 서포트의 길이를 조절해 핀을 꽂아 꽉 조여서 고정하는 일이었는데, 남편이 하나를 제대로 고정을 안 시켜 순식간에 서포터가 내 뒤로 우당탕탕 쓰러지면서 무릎 뒤를 세게 긁었다. 얼른 바지를 올려 보니 심하게 살갗이 쓸려 피가 나고 있었고, 다들 깜짝 놀라 비명을 지르며 나를 걱정하며 우왕좌왕했다. 사실 그닥 아프지 않았는데 상처 비주얼이 그럴싸해 괜히 아픈 척하며 남편에게 짜증을 냈더랬다. 그런데 갑자기 그때, 다른 사람이 아닌 내가 다쳐서 다행이라는 생각이 들었다. 도와주러 온 친구들이 다치면 우리 마음이 얼마나 무거웠을까. 이 여름에 항상 땀이 흐르는 목덜미에 모기 서너 마리를 장식으로 달고 일을 같이해주던 고마운 친구들, 또 호시탐탐 자유를 꿈꾸던 이월이, 그리고 아직 미완성인 이 집?에게 감사한 마음이 절로 샘솟는 순간이었다.

집이라는 건 단순히 언덕위에 하얀 집처럼 표면적으로 보이는 외형이 아니라 나를 닮고, 남편을 닮고, 우리의 걱정과 한숨, 바램이 들어가 빚어진 것이라는 생각이 든다.

그렇게 무더운 한여름 우리의 걱정과 한숨, 바램으로 빚어진 집에 천장이 생기며, 범프 카 사장님, 함께 해준 친구들과 시원한 수박을 쪼개먹으며 네버엔딩 수다로 그날의 긴장을 모두 풀어낼 수 있었다.

온 얼굴과 눈가에 시멘트가 잔뜩 튄 남편도 살이 따가워 괴로울 만도 한데 얼굴엔 웃음이 떠나질 않는, 잊지 못할 날이었다.

▲ 공구리가 부어지는 순간에는 나이롱 신자라는 걸 잊은 채,
신파 드라마를 써내려가듯
절절한 기도를 하고 있는 나를 발견한다.

▼ 바닥이 무럭무럭 양생하라고 아침 저녁 물 주시는 남편

#처음 갖는 휴식다운 휴식

남들은 제주도에 내려오면 여기저기 여행 다니며 제주의 자연을 만끽하느라고 바쁜데 우리는 내려오면서부터 공사를 시작해 누가 "여기에 어디가 좋아요? 뭐가 맛있어요?"라고 물어보면 우리의 대답은 항상 "몰라요"였다. 서울 사는 친구들이 "거긴 가봤어? 그건 먹어봤어?"라고 하면 그것도 역시 "아니, 몰라."

친구들은 일만 하러 제주도에 내려왔냐며 쉬엄쉬엄 하라고 타박 아닌 타박도 했었다. 그래서 슬라브가 양생하는 동안 원 없이 먹어주고 놀아주겠다고 기다리고 있던 참이었다. 마음먹고 찌꾸, 뿔리와 근처 삼달리 바다에 나가 투명 수채화 같은 제주바다에 몸을 맡겼다.

바다는 어찌나 색이 고운지 물안경을 끼고 한참을 바닥만 처다봐도 지루할 틈을 주지 않았다. 세상에 이런 곳도 있구나…. 여기가 물속인지 우주공간인지 알 수 없는 시공을 초월한 공간에 떠다니는 느낌이, 그야말로 바다를 다 가진 기분이었다. 제주에 내려오면서부터 줄곧 막노동에 치여 이런 여유와 호사가 오랜만이었다. '내가 지금 여기서 뭘 하고 있는 걸까'라는 생각이 들면서도 '그래, 그냥 열심히 하자! 남들이 뭐라고 뒤에서 얘기해도 그냥 열심히 하자! 그럼 이 무모한 도전도 언젠가 끝이라는 게 나겠지'라는 위안 같은 다짐도 했다.

그렇게 한참을 바다에 반해 너무 오래 있었는지 따가운 여름 날씨에도 입술이 파래져 오들오들 떨며 잠시 뭍으로 올라와 있는데, 눈앞에 무언가 쑥~ 하고 지나갔다. 꼭 문어 같아서 나도 모르게 "문어다!" 라고 짧게 탄성을 질렀다. 그러자 재빠르게 찌꾸가 얕은 그 물속으로 얼굴을 쑥 들이밀며 손으로 여기저기 뒤적이더니 정말 문어를 잡아 올라오는 것이었다. 우리는 전부 다 환호성에 몸부림을 치며 있는 대로 호들갑을 떨어댔다.

자연스럽게 우리의 저녁은 문어숙회와 잠깐의 낚시로 잡은 잡어회와 매운탕, 그리고 언제나 진리인 한라산 소주였다. 그날의 저녁식사는 최고의 만찬이었으며, 밤은 길었고, 대화는 끝이 날줄 몰랐으며, 웃음소리는 돌담을 넘어 다녔다.

우리는 그렇게 바다가 준 깜짝 선물에 감사해하며, 또 하나의 추억 거리를 공유하고 있었다.

1. 눈먼 문어야, 고맙다~!
2. 바다는 우리를 굶기지 않는다.

▲ 공구리가 양생하는 기간 동안
삼달리 바다와 평대리 바다를 오가며, 원 없이 놀았던…
덕분에 남편의 피부색은 언제나 어두운 밤이었다.

▼ 용머리해안에서 정말 간만에 멀쩡한 우리 모습

00000004

2층 다시 시작

하늘에서 내려온 신풍리 아저씨

꿀 같던 휴식이 끝나고 본격적으로 2층 공사에 들어가기 전, ○○가설 사장님 말씀대로 날개가 달리지 않은 이상 2층을 편하게 공사할 수 없으니 결국엔 아시바˚를 대여할 수밖에 없었다.

우리 둘이 2층 골조를 하다 보면 분명 공기가 더 길어질 것이고 그렇게 되면 한 달 한 달 임대료가 쌓이게 되는 형편이라 이 아시바를 최대한 빨리 털어내는 게 관건이었다. 결국 어쩔 수 없이 도면을 보며 물량을 산출해 아시바를 임대했고, 바로 다음날 커다란 크레인차가 아시바를 한가득 싣고 현장에 도착했다.

짧으면 1m 길면 6m까지인 아시바들을 보면서 한숨이 절로 나왔다. 그렇지 않아도 물건을 임대해 오면서 ○○가설 사모님께서 "이것도 직접 하게? 그냥 사람 써! 반나절이면 끝날 텐데. 그걸 둘이 또 어떻게 할라고! 이제 조금 있으면 찬바람 불 텐데 빨리 완성해서 집에 들어가야지" 라고 하셨는데, '정말 사람을 쓸 걸 그랬나?'싶으면서도 돈 생각하면 '그래, 천천히 해보자' 라는 비굴한? 타협을 하게 된다.

크레인은 순서대로 물건을 내리기 시작했고, 우리는 인터넷에서 배운 대로 잘할 수 있을까 걱정하고 있을 때, 현장에 차 한 대가 와서 멈추더니 아저씨 한 분이 내려서 쑥스럽게 걸어오시고 있었다.

그렇지 않아도 물건을 받고 내리면서 우리 둘 손으로는 부족할 때였는데 그 분은 눈치껏 상황을 보시고는 물건 내리는 일을 도와주셨다. 통성명을 할 새도 없이 갑자기 일어난 상황이라 일단 급한 불부터 끄고 보자는 생각에 감사하게 도움을 받으면서도 누구시지? 왜 도와주시지? 라는 생각을 머릿속으로 계속 했었다. 부랴부랴 일을 마치고 음료수를 건네드리며 감사하다는 말씀을 연신 드렸다. 아저씨는 입고 계시던 옷이 흠뻑 젖어서 시스루 의상이 되었는데도 원래 땀이 많아 그렇다고 멋쩍은 웃음만 지으시며, 말을 건네셨다.

"ALC로 지으셨네요. 그 전부터 왔다갔다 하면서 많이 봤거든요. 저는 요위에 신풍리 살아요."

"아, 그러세요. 반갑습니다. 동네 분이시네요."

"육지에서 오신 거죠? 저도 육지에서 온 지 얼마 안됐어요. 신풍리에

아시바 : 건물을 지을 때 건물 외벽에 계단을 설치해서 공사 인부들이 다닐 수 있게 파이프를 연결해 만들어놓은 것으로, 비계 (飛階, ɔɔaffolding)라고도 한다.

땅 사놓고 이제 우리 집 지으려고 준비하고 있어요. 근데 사실 제가 ALC로 지으려고 하고 있거든요. 근데 여기가 ALC로 짓고 있어서 꼭! 집 짓는 분들이 누군지 만나보고 싶었어요, 반갑습니다."

"아, 네."

(사실 남편과 둘이 일하고 있으면 어중이떠중이 객 손님들이 많이 와서는 땅을 얼마주고 샀냐? 여긴 시세가 어찌 되냐? 요즘 공사가격은 어찌 되냐? 등등 처음 보는 우리에게 노골적으로 여러 가지 정보를 묻곤 했다. 모르는 사람이 오면 남편과 나는 불편함을 비추곤 했었다. 그래서 또 그런 분인가 보다 오해할 뻔했다)

"근데, 제가 혼자 지어보려고 하고 있어서…."

"엥~ 혼자요? 저희는 둘이 해도 힘든데, 혼자 하시려구요? (세상에, 우리 같은 사람이 또 있었네…) 하다못해 먹줄 튕기는 것도 혼자는 힘든데, 원래 건축업 하셨어요?"

"네, 제가 전공이 건축이고 계속 이 일을 했던 사람이라 이런 집 짓는 과정이야 뭐 뻔하죠. 다만 혼자하면 이제 시간이 걸려 그렇지, 근데 제가 ALC가 처음이라 실례인줄 알면서도 궁금해서 이렇게 방해만 하네요. 허허허."

"그럼, 아시바 맬 줄 아세요? 저희 지금 그렇지 않아도 둘이서 아시바를 매야 하는데… 이론적으론 아는데 처음이라."

"물론 알죠. 제가 오늘은 안 되고, 내일 일찍 와서 도와드릴게요. 같이 한번 해봐요. 첫 줄만 잘 세우면 그 다음은 금방 하니까 하실 수 있으실 거예요."

아시바 설치에 무릎 꿇다 못해 뻗어버린…
이럴 땐 정말 슈퍼초울트라의 힘이 간절해진다.

"아, 감사합니다. 그럼, ALC로 집 짓는다고 하셨죠. 저희도 모르시는 건 도와드릴게요."

선뜻 남한테 부탁하는 성격이 아닌데도 갑자기 구세주가 나타난 기분이라 나도 모르게 목말라 우물을 파고 있었다.

아저씨는 정확히 그 다음날 약속한 시간에 오셨고 덕분에 우린 반짝반짝한 첫줄을 잘 세울 수 있었다. 그렇게 3일 동안 남편과 나는 총 4단의 아시바를 짱짱하게 설치했다.

우리 둘이 일하다가 다급한 일에 일손이 부족하면 언제든 전화 한 통에 달려와 주시는 아저씨에게 우리는 외로운 나홀로 집 짓기에 동반자로 의지할 수 있었다. 귀하고 반가운 그 인연을 계기로 지금은 아저씨네 식구들과도 아주 편하게 오고가는 사이가 되었다.

#아빠의 발꼬랑내를 이해하게 되다

2층 기념 스타트로 내 생애 처음 안전화라는 것을 샀다. 사실 현장엔 위험한 물건들도 많고 뾰족한 것들을 밟을 수도 있어서 진작에 샀어야 했는데 안전화가 대부분 남자 사이즈만 나와 있길래 포기하고 있었다. 그러다 오랜만에 서귀포 올레시장을 구경 갔다가 우연치 않게 딱 맞는 사이즈를 발견하고 약간의 흥정 끝에 얼른 집으로 데리고 왔다. 왠지 이걸 신으면 일을 더 잘할 수 있을 것 같은 말도 안 되는 자신감이 생겨 안전화를 신고 일하는 첫 날이 기다려지기까지 했다.

하지만 안전화는 생각보다 편하지 않았다. 딱딱하고 무겁고, 무엇보다 바람이 통하지 않으니 답답했다. 일을 하고 나면 양말이 다 젖어 있어 꼬랑꼬랑 냄새도 나는 것 같아 영 찜찜했지만, 어느 날 서포트가 발등으로 쾅 하고 떨어졌는데 안전

운명을 다한 내 작업화~
어설픈 주인 만나서 고생 많았다.

화 때문에 전혀 아프지 않은 신기한 경험을 한 이후로, 역시 안전화는 안전화구나 라는 당연한 깨달음을 얻고는 불편하지만 완공 때까지 함께 가야 하는 잇!아이템이 되었다.

예전에 아빠가 건축업을 하실 때 항상 집에 오시면 발이 하얗게 무좀이 피고 땀에 불어 있었다. 그럼 난, 보기 싫고 냄새 난다고 저리 치우라며 야물차게 화를 냈었는데, 지금의 내 발이 그 만큼의 땀과 눈물이 섞인 발은 아니겠지만, 조금… 아주, 아주 조금은 그 사연 있는 발꼬랑내를 이해할 수 있을 것 같다.

부부가 같이 일을 한다는 건…

1층과 달리 2층은 규모가 작아 블럭 쌓기까지는 꽤 순탄했다. 아무래

도 한번 해본 경험으로 약간의 노하우가 생겼다고 마음의 부담 없이 편하게 작업했던 것 같다. 다만 나날이 높아지는 블럭 높이에 아시바를 타고 무거운 블럭을 쌓아야 하는 심장 쫄깃한 날들이 계속 되어 일을 마치고 나면 다리가 풀리는 날이 허다했다.

남편과 외장을 붙일 때였다. 한겨울, 털모자와 두터운 작업복으로 무장해도 아시바에 올라가 있으면 제주 칼바람에 콧물과 눈물이 중력을 거슬러 옆으로 흐를 때였는데, 일하는 남편이 뭔가 자세가 불편해 보여 나도 모르게 남편한테 말하기도 전에 발판을 있는 힘껏 당겨버렸다. 그땐 정말 내가 남편을 알고 나서 처음으로… 나에게 진정 큰소리로 화를 내며 비명을 지르는 모습을 처음 목격했다. 순간 지기 싫은 마음에 "특수부대 나왔다면서 무슨 겁이 그렇게 많아! 난 생각해서 당겨준건데 왜 화를 내!" 라고 같이 소리를 질렀다.

그때의 아시바 높이가 4단일 때니 대략 7미터 위에서의 일이었다. 사실 그 높이에서 예고도 없이 발판을 밀어버렸으니 화를 낼 만도 했을 터. 남편은 누가 물어보면 그때 이후로 고소공포증이 생겼다며, 트라우마의 책임을 정확히 나를 겨냥해 얘기하곤 한다. 사실 부부가 24시간을 붙어 있으니 서로 원하든 원하지 않든 보여주기 싫은 미운 본성이 고개를 드는 날이 많았다. 남편이 온 힘을 다해 처음으로 나한테 소리를 지르는 장면도 그럴 것이고, 나날이 지쳐가 뾰족뾰족해진 내가 남편에게 말로 독침을 쏘는 것도 같은 이유에서일 것이다.

하루는 모르는 중년의 부부가 우리 현장을 구경하러 왔다. 아저씨와

2층 가와 작업

아줌마는 눈이 휘둥그레져 정말 둘이 직접 지은 게 맞느냐며, 재차 확인하기 바빴다. 그러면서도 남자분은 오직 돈이 얼마나 들었는지, 요즘 시세가 얼마인지에 관심이 있었고, 아주머니는 날 붙잡고 정말 남편이랑 둘이 하루 종일 붙어 있냐며 그게 가능하냐며 속 터지지 않냐며 위로 아닌 걱정인 듯, 걱정 아닌 위로를 해주셨다. 비단 이분들만이 아니었다. 우리 부부가 자주 가는 식당 사장님께서는 부부끼리 일하는 것 같은데 사이가 좋아 보인다며 신기해하셨다. 자기도 식당 처음 할 때는 와이프랑 했었는데 역시 가족끼리는 일을 같이 하면 안 되는 거였다고 손사래를 치셨다. 누구보다 잘 통할 것 같은 부부 사이가 이럴 땐 참 아이러니하기 짝이 없어, 살짝 마음이 헛헛해지기도 한다. 우리 부부도 어찌 보면 지금은, 서로가 버거운 노동 앞에 남자로서 여자로서가 아닌 사람에게 기대고 싶어 자신의 못난 모습까지 보여주며 애걸복걸 하고 있는지도 모르겠다. 다만, 분명 둘이 같은 곳을 보고 가는 것은 확실한 만큼 나머지 공사기간 또한 부디 보이지 않는 미묘한 선을 넘진 않았으면 하는 바램뿐이다.

#악으로 깡으로

나에게 집 짓는 공정 중에 뭐가 제일 힘들었냐고 물어보면 바로 철근 작업이라고 말하고 싶다. 힘이라고 하면 항상 어디 가서 빠지지 않는 체력이었는데, 이 축축 늘어지는 철근을 옮기는 건 정말 짜증나게? 힘든 작업이었다.

아무리 무거워도 아시바나 서포트는 무게중심을 잘 잡으면 그리 힘든 작업은 아니었는데, 엿가락 같지만 어마무지하게 무거운 철근들을 2층으로 옮기는 일은 남편과 내가(물론 남편이 더 힘들겠지만) 제일 조심하면서 호흡을 맞추려 노력했던 일 중 하나다. 1층 작업을 할 때는 다행히 친구들과 같이 해 무거운 걸 드는 일은 남자들이 많이 하고 나는 주로 묶는 작업을 했었는데, 마지막 지붕 작업은 온전히 우리 둘의 몫이니 힘들고 무겁다고 뺄 수 있는 상황이 아니었다. 게다가 이젠 더위도 한풀 꺾여 아침저녁으로 쏴한 바람이 불어오는 10월이다.

지금 살고 있는 년세가 내년 1월에 끝나는 터라 4개월 안에 완공은 아니더라도 내장이라도 치고 이사할 수 있게 만들어놓아야 하는데… 서로 말은 안 하지만 찬바람이 한번씩 휙 불고 지나가면 과연 그때까지 힘들지 않을까? 이러다 괜히 오갈 데 없어지는 신세가 될까 싶어 불안감이 엄습하곤 했다.

그래서 더욱더 어금니를 꽉 물고 남편이 1층에서 들어주는 철근을 온 힘을 다해 2층 바닥으로 끌어당겨 옮겨 놓으면서, 언젠간 꼭 되겠지! 라는 마음으로 절실하게 그 무거움을 이겨냈었다.

어쩔 땐 난 분명 더 들고 싶은데 힘이 안 받쳐주는 나한테 너무 화가 나 울면서 일을 한 적도 있었다. 어찌나 약이 오르고 화가 나던지… 도대체 밥 먹는 건 힘으로 안 가고 다 어디로 가는지, 왜 난 이것밖에

힘들고 지칠 때면, 가을볕에 고추 말리듯
지붕 위에 누워 하늘을 보곤 했다. 꼭, 내
가 두둥실 구름 위를 거니는 기분에, 잠깐
의 피곤함이 녹아내렸다.

볕은 따뜻하고 바람은 산뜻해지는
가을이 오면서,
제주는 다시 다른 색을 갈아입고
갈대밭에 여행객은 많아지고…
나는 더더욱 심란해지면서
다 되지 않은 지붕위에 곧잘 올라가
이런 생각 저런 생각으로
하루를 보내곤 했다.

안 되는지, 상대적으로 힘을 많이 쓸 수밖에 없는 남편에게 미안하기도 하고 괜히 나 때문에 일이 빨리 진행이 안 되는 것 같아 속상하고 화 나는 마음을 진정시키기 바빴다.

철근 작업을 할 동안은 항상 온몸이 언제 다쳤는지도 모르게 매일이 찍힌 스크래치와 멍자국 투성이었다. 그런데 그럴수록 오히려 신기하게 더 오기가 생겨 이를 앙다물며 내일은 다 할 수 있을 거야, 끝낼 수 있을 거야,를 다짐했었다.

이제와 생각해보면 얌전하게 앉아 그림만 그릴 줄 아는 나인줄 알았는데, 육체적 노동에 희열감과 성취감을 꽤나 즐길 줄 아는 나도 알게 되는 시간이었다. 그렇게 철근 작업을 하면서 오기와 독기?의 뿌듯함도 알아가며 내 인생의 번외게임 같은 날들을 보냈다.

바람아~ 멈추라고 안할 테니 살살 불어다오

제주에 많다는 것. 여자, 돌, 그리고 바람! 아 정말 이 바람은… 바람의 위력을 어찌 설명을 할까? 꼭… 제주바람은 그 자체로 유기생명체인 것 같다는 생각이 들 때도 있다.

2층 슬라브 가와를 짜기 위해서 3*6 사이즈 합판을 들고 지붕에서 일하는 날엔 살하면 징말 떨어질 수도 있겠구나 하는 생각이 절로 들기도 했다. ○○가설 사장님께서 농담반 진담반으로 합판을 들고 있다

일은 힘들어도
사진찍을 땐 배시시~

바람 불어 떨어질 땐 꼭! 날다람쥐처럼 합판을 잡고 떨어져야 안 죽는다며 우스개 소리를 하시곤 하셨는데, 우리 부부는 그 말을 가슴속으로 진정 새겨 들었었다.

한번은 아시바에 매달려 실리콘을 쏠 때였다. 바람이 도대체 어디서 부는지 모르게 쌍 따귀를 때리듯이 정신을 못 차리는 와중에 시야가 흐려져 실리콘을 엉뚱한데 쭉~ 쐈는데, 콧물 같은 실리콘이 바람에 의해 하늘로 휙! 하고 날아가 버리는 것이다. 남편과 나는 황당하고 어이없어 그저 웃기만 했다. 이렇게 바람이 많이 부는 날에는 일에 지장이 많을 수밖에 없다. 괜한 욕심 부렸다가 바람 때문에 오히려 일을 망칠 수도 있어 하는 수 없이 바람이 잠잠해질 때까지 손 놓고 기다리는 날도 있었는데, 그럴 땐 일을 못하는 짜증이 엉뚱하게 남편한테 가 하나부터 열까지 꼬투리를 잡으며 성질을 부리기도 했다. 농사짓는 일은 날씨가 반이라는 말이 있는데, 집 짓는 일 역시 날씨가 반이라는 생각이 들어 어찌 할 수 없는 한숨만 푹푹 쉬었다.

모든 일이 마지막 2층 지붕 공정이니 바람을 안 탈래야 안 탈 수 없어 지붕 끝에 매달려 아시바를 꼭 잡고, 안 떨어지려고 아등바등하기도 했다. 아, 내가 여기까지 와서 뭐 하는 거지? 이러다 떨어져 죽으면 뉴스에 나오는 거 아냐?

'제주살이 꿈꿨던 서울의 최 모양 직접 집 짓다 아시바에서 떨어져 죽다!'

아! 이 얼마나 ㅇ팔리는 뉴스일까? 이런 말도 안 되는 상상으로 혼자 피식피식 웃기도 했더랬다. 그래도 한번씩 세상시름 다 잊게 제일 기분 좋았던 건 지붕으로 올라가 멀리 눈부신 바다를 볼 때… 부드럽고 시원한 바람이 불어와 땀에 절어 있는 머릿속과 온몸을 샤워하듯 불고 지나가면 그렇게 감사하고 달콤할 수가 없었다. 생각해보면 제주의 여름은 분명 서울보다 습하고 덥지만 이 바람놈 때문인지 육지 살 때처럼 한번도 숨이 턱턱 막히는 것 같은 답답함은 없었던 듯하다. 이 바람놈의 양면성 덕분에 열 번은 울고 한 번은 웃는 지붕 타설 준비는 이렇게 마무리되어 가고 있었다.

#귤, 귤, 귤에 파묻히다

동네 어른들이 귤은 11월부터 색이 노오랗게 익으며 12월부터 본격적인 수확철이라 바쁘다고, 그때는 너도 나도 귤 따러 다니니 일손이 부족하다는 말씀을 하셨다. 그럼, 우리 계산엔 미장할 때쯤이니 아저씨들이 일할 때 나는 귤을 따야겠다, 시기적으로 잘 맞아 다행이라고 생각하고 있었다.

그런데 찬바람이 솔솔 부는 10월. 우리집 귤들이 주인의 무관심 속에서 색이 점점 바뀌더니 진짜 귤 색깔로 변하는 나무들이 많아지고 있었다. 처음엔 성격 급한 애들도 있듯이 빨리 익는 몇 개도 있겠거니 가볍게 생각했는데 나중엔 너무 익어서 건드리기만 해도 툭툭 떨어졌다. 이러다 귤들이 다 상해버릴까봐 부랴부랴 동네 어른께 여쭤보니 어르신은 딱! 한마디 하셨다. 극.조.생! 아오, 지금 집 짓는 일도 손이 부족한데 귤까지 이렇게 빨리 익는 극조생을 만나 하루가 24시간, 아니 48시간이라도 모자라게 생겼구나.

동네 어르신이 시키는 대로 급하게 귤 박스를 사다놓고 과연 저 많은 귤들을 언제 다 딸까? 한 번에 확 다 따버릴까? 아님, 나눠서 딸까? 안 그래도 일이 밀려 걱정이 태산인데 걱정 한 그릇이 더 추가돼, 속도 모르고 탐스럽게 익어가는 귤들한테 괜히 원망도 했더랬다.

그렇게 남편과 고민한 끝에 오전에 한 시간, 혹은 30분만 일찍 일어나서 귤을 따기로 했다. 어떨 땐 15키로 박스로 2박스, 많이 따는 날엔 6박스가 나와 어머님부터 시댁 어르신, 친정 식구들, 친구들까지 다 돌릴 수 있었다.

다들 제주에서 온 선물에 너무 기뻐하셔서, 바빠서 허둥지둥 딴 귤이었지만 제주에 사는 게 뽀대나는 것 같아 괜히 으쓱해지는 기분도 들었다. 게다가 귤 따는 일은 뭔가 무념무상의 최고봉이랄까… 탁! 탁! 전지 가위소리, 새 소리, 바람 소리 외에는 아무것도 들리지도 보이지도 않아 나도 모르게 굉장히 전투적으로 혼을 쏙 빼고 집중하는 걸 느낄 수 있었다.

비쁜 와중에 더 급한 귤 따기!
어쩌면 이것도 감사한 일이고 축복이야~를
머릿속으로 되뇌이며
꿈속에서도 나오는 귤들을
내 허리가 더 굽어지게 기꺼이 작업했던…

소중한 사람들에게 보낸 귤청.
(feat. 레몬청)

어떨 땐 자려고 누우면 한참 테트리스에 빠졌을 때처럼 천장위에 귤들이 주렁주렁 열려 나도 모르게 저걸 요렇게 저렇게 빨리 따는 모습을 상상하며 즐거워했다. 아, 역시 난 단순노동에 흠뻑 취하는 체질인가 보다,라는 걸 또 한번 절실히 느꼈다. 하지만 귤들은 모든 집들을 로테이션하고 나서도 줄어들질 않았다.

년세를 처음 계약할 때, 탐스럽고 예쁜 귤들이 있다는 게 좋아서, 그것도 아주 많다는 게 좋아서 한눈에 반했던 건데, 역시 소화도 못할 걸 저걸 다 먹겠다고 욕심부린 것 같아 죄스러운 마음이 들었다.

그래서 따는 것에 그치지 않고 집에 있는 냄비 중에 제일 큰 냄비를 꺼내 쨈도 만들어 이리저리 보내고, 청도 담아 이리저리 부치며, 아까운 귤들을 소진하기 바빴다. 생각해보면 바쁘다, 바쁘다 하면서도 누군가를 생각하며 만들고 포장하는 순간만큼은 즐거웠고, 받는 사람의 표정을 상상하게 되는 기분 좋은 일이었다.

별것도 아닌데 맛있게 잘 먹었다고 전화라도 오면 힘든 와중에 피로가 싹 풀려 일하는 내내 비타민을 먹은 것 같아 남편과 나는 계속 웃고 있었다.

우리 부부는 그렇게 어마어마한 귤 따는 작업을 일과 함께 병행하며 어설프고 버거웠지만 정성껏 보내주려 애쓰는 시간들을 가졌다.

#내 인생의 마지막 타설

내 생애 또 타설을 직접 준비하고 계획할 날이 있을까? 징글징글하게 힘들었던 골조작업이 오늘로 끝이구나 생각하니 시원섭섭한 마음은 조금도 안 들고 마냥 좋기만 했다. 그렇게 기다리고 기다리던 골조작업인데, 이 골조만 끝나면 왠지 어려운 건 다 끝이고 모든 공정의 반 이상 끝난 것 같은 기대심리도 있었다. (하지만 반은커녕 실상 30% 정도밖에 안 된다는 걸 내부작업할 때 뼈저리게 느꼈다)

그렇게 아침 일찍, 언제나처럼 범프 카 사장님도 오시고, 레미콘 차도 칙칙 소리를 내며 한 대씩 와 대기하고 있었다. 도와주시기로 한 신풍리 아저씨와 찌꾸, 뿔리 그리고 경성 아저씨(ALC로 집을 지으시는 윗동네 분)까지 모두 총출동해 오늘의 피날레를 같이 해주기로 했다.

우리 집 천장은 일반 산 모양의 박공이 아닌 거꾸로 된 V자 박공 모양이라, 평상시 시켰던 시멘트 묽기보다 좀 더 되직한 묽기의 시멘트로 준비해 지붕의 각을 잘 살릴 수 있도록 하는 것이 포인트였다! 모두들 우리집의 구조를 잘 이해하고 있어 주인장들보다 더 신경을 써주시는 모습에 새삼 이런 인연이 감사하고, 또 감사할 따름이었다.

드디어 내 인생의 마지막 공구리가 칙! 칙! 소리를 내며 부어지기 시작했고, 어디 한 군데 터지거나 벌어지는 곳은 없는지 이리저리 뛰어다니며 확인하고 가슴 졸이며 지켜보면서 정말 이게 우리가 한 게 맞나? 꿈인가 생시인가 정말 여기까지 왔구나, 와버렸구나… 이런 생각들로 마음이 울렁울렁해져 왔다.

여기 오기까지 도와준 거 하나 없으면서 미쳤다고 하는 사람들도 있었고, 낯선 곳에서 무슨 고생이냐며 진심으로 걱정해주는 사람들까지, 여러 사람을 겪고 만나면서 어찌 보면 육체노동보다 사람들의 말 한마디 한마디에 귀가 얇아지고, 영혼 없는 값싼 조언들로 생기는 마음의 생채기가 더 힘들었던 것 같다. 그러면서 그래, 여기까지 왔으니 이제부턴 절대 흔들리지 않고 앞만 보고 가야지! 골조까지 세웠는데 못할 게 뭐 있겠나, 화이팅이 절로 생기는 그런 순간이었다.(하지만 그 후로도 바람 앞에 등불처럼 결정장애와 선택장애로 인해 정신 못 차리게 흔들리곤 했다. 어쩔 수 없는 건축주들의 운명이라는 생각이 든다)

범프 카 안에 있는 마지막 공구리까지 탈탈 털어 쏟아내며 미장 삽으로 쓱쓱 눌러 비벼 레벨을 맞추기 위해 띄어놓은 실을 보며 정리해 들어갔다. 여기저기 온몸에 시멘트가 튀었지만 어느 분 하나 불만을 토하지 않고 내집처럼 마지막까지 꼼꼼히 봐주셨다. 그 모습에 또 한번 이 순간과 여기 모인 사람들이 금은보화보다 귀하고 감사했다.

현장을 마무리하고 집에 들어와 시멘트를 뒤집어쓴 온몸을 따끈한 샤워로 씻어낸 후 다시 한 번 남편과 이월이와 함께 들뜬 마음으로 현장에 와 제대로 틀이 잡혀진 우리집을 감상했다. 보고 있으면서도 믿기지 않고, 보고 있으면서도 눈앞에 아른거리는 게, 무슨 연애하는 감

마지막 타설!!

정처럼 기분 좋은 호르몬이 무한방출되는 느낌이었다. 남편은 연신 이월이에게 "이월아~! 여기가 우리집이야! 여기는 우리 방이고, 거실이고, 부엌이고…" 설명을 했다. 이월이야 언제나처럼 듣는 둥 마는 둥이었지만, 남편은 신이 나서 계속 설명하며 만족해했다.

그날은 그렇게, 하얀 도화지 위에 평면으로 그렸던 일들을, 끄집어 세워 우리 눈앞에 실현시킨 것에 만족하고, 감사하고, 감격하며… 이 감정들을 달달하게 무한 리플레이했다.

005

외장 및 실내작업

친구야, 고맙다

제주 내려와서 처음으로 육지 냄새 폴폴 나는 반가운 친구가 온다고 해 하루 종일 설레는 마음으로 기다렸다. 집에 오면 자기가 무슨 일이든 다 도와준다며 큰 소리로 호언장담을 하며 기다리라고 하는 친구가 내 어깨에 뿅 들어간 듯 든든하고 반가웠다. 한편으론 완성은 안되었지만 우리집을 보면 뭐라 할까 궁금하기도 하고, 항상 똑같은 시간을 사는 나에겐 친구가 사는 세계도 어떤지 궁금했다.

해가 지고 어둠이 내려 까만 밤이 되어서야 친구가 요 앞 정류장에 내렸다고 연락이 왔다. 제주의 밤은 도시의 밤과 다르게 가로등이 별로 없어 정말 크레파스의 흙색과 같다. 잘 찾아올지 괜히 걱정되기도 하여 현장을 나와 휴대폰 불빛에 의지해 살살 걸어 내려가고 있는데 낯익은 실루엣이 눈에 들어왔다.

우린 거의 동시에 비명을 지르며 서로를 알아보며 반겼고, 여러 가지로 몰골이 말이 아닌 내 복장에 친구는 실소하듯 웃으며, 촌 아줌마 다 되었다고 핀잔을 주기도 했다. 그렇게 첫날은 늦은 밤이 되어 잠깐 의 수다로 그리움과 궁금증을 달랠 수 있었다.

다음 날 아침이 되어 제대로 현장을 본 친구는 정말 둘이 한 게 맞느 냐며 입을 다물지 못했고 계속 "야… 아… 참, 어떻게… 헐, 안 무너지 는 거지?" 등을 반복하며 감탄사를 무한반복 재생했다.

한참을 입을 벌려 쳐다보던 친구는 "내가 뭘 도와줄까? 뭐든 말해봐. 도와줄게"라고 적극적으로 옷을 걷어붙였고, 때마침 거푸집을 탈영 하고 튀어나온 반생이들을 커터기로 자르는 일을 도와주게 되었다.

아슬아슬 아시바를 걸어다니며 하나씩 반생이들을 잘라나가는 친구 는 마지막 하나를 자르고 "야, 나 아시바에서 떨어진 적 있어서 안 올 라가는데 언니 때문에 한다"라며 엉거주춤 내려오고 있었다.

나보나 한 살이 어리지만 대학 동기에 밤새 술을 같이 마시는 술친구 이자, 어떨 땐 투닥거리다가도 제일 어렵고 힘들 땐 가장 먼저 달려와 옆에 남아있는 친구가 되어, 이렇게 제주도까지 와 못 올라가는 아시 바에 올라가 반생이까지 잘라주는 사이가 되었구나, 싶어 괜히 웃음 이 나고 미안한 마음도 들었다.

그 다음은 창문. 마침 주문한 창문들이 잔뜩 도착해 있었다. 하나씩 끼워지기만을 기다리고 있을 때여서 옳거니 하고 사춤* 준비하는 걸

사춤 : 창문을 달 때 벌어지거나 갈라진 틈을 사춤이라 하며, 그 틈을 시멘트로 메 우는 작업을 뜻하기도 함.

'손'이 정리해준 엉망진창 우리창고.

일을 하다가도
눈 속에 핀 동백꽃에
잠시 넋을 잃고
바라보는
제주의 겨울…

친구와 같이 했다. 열심히 시멘트를 섞어 사춤기에 잔뜩 넣고 살짝 고정된 창에 공기 없이 잘 밀어넣어 말리면 고정이 된다. 그런데 실상 주사기 같이 생긴 사춤기에 들어가는 시멘트의 양이 얼마 되지 않아 창 하나를 고정하려면 꽤 여러 번, 많이 시멘트를 섞고 넣고, 섞고 넣고를 반복해 허리 펼 새도 없이 작업해야 하는 나름 힘든 일이었다.

그렇게 며칠을 화장실 벽 조적하는 일, 창고정리, 현장 쓰레기 정리 등 틈틈이 고마운 손이 되어 도와주었다. 친구가 일을 하고 나서 그날 밤 코를 성실히 골며 쌔근쌔근 자는 모습을 보고, 대학 땐 술을 아무리 많이 먹고 같이 자도 목석같이 아무 소리 없이 자던 친구였는데, 우리집 일이 힘들긴 힘들었나 보다 싶어 웃프게 미안한 마음이 들었다. 자고 일어난 친구는 "아우, 난 하루만 해도 힘든데, 언니랑 형부는 괜찮냐, 보통 노가다가 아닌데 대단한 정신력이다"라고 말했다. 그러게, 나한테도 이런 정신력? 지구력?이 있었나.

다음 날, 쉬면서 혼자 시간을 보내기로 한 친구에게 아직까지 달려 있는 귤들을 마음대로 따가라고 말하고 집을 나왔다.

역시 그날도 이런 사연 저런 사연으로 남편과 둘이 투닥거리고 기운 빠진 상태로 일을 마치고 집에 들어와 보니, 친구가 어제 먹다 남은 족발에 청량고추와 마늘을 쫑쫑 썰어 넣고 빨갛게, 보기에도 침 넘어가게 볶아놓고 저녁상을 준비해 우리를 기다리고 있었다. 순간 힘든 마음은 사라지면서, 맛있는 음식 앞에서 부자가 된 듯, 자연스럽게 소주로 하루를 마무리하며 피로를 풀었다.

그렇게 친구는 우렁각시가 되기도 하고 일꾼이 되기도 하면서 때마침 많이 지쳐 있던 우리에게 힘을 주었다.

고맙다, 손~.

제주 날씨야…

남편과 올곧이 둘이 마지막 슬라브 타설 준비를 마칠 때까지 꼭찬 한 달이 걸렸다. 1층보다 평수가 작으니 2층은 보름이면 끝나지 않을까 생각했는데 역시 큰 오산이었다. 시간은 이미 2015년을 한 달여 앞두고 있었다. 그래서 더더욱 남편과 나는 마지막 타설이 끝나면 곧바로 미장을 맡겨 일주일 안으로 외부미장을 끝내려는 나름 철두철미한 계획을 세우고 있었다. 하지만 역시 계획이라는 건 세우면 쓰러지는 거고 짜면 터지는 거라고 했던가.

우리 부부가 직접 안 하고 맡긴 일들은 4가지다. 미장˚, 화장실 타일(떠 붙이기), 전기(전기는 어차피 전기필증이 있어야 하니 맡겨야 하는 부분이었고), 돌담. 그 중 제일 애간장을 태운 건 미장이었다.

미장업체 사장님은 우리집 규모면 날씨가 좋다는 전제하에 보통 7~10일 정도 걸린다고 하셨고, 우리 또한 그 정도의 계산으로 외부마감재를 주문하고 대기하고 있었다. 항상 공사판인 지저분한 벽면이 깨끗이 발린다고 하니 상상만 해도 설레고, 또 우리집이 어떻게 바뀔까 기대되는 작업 중 하나였다. 하지만 미장 사장님 말대로 날씨가 좋다는 전제하에 이뤄지는 일들이었다.

날씨, 날씨, 제주 날씨… 도대체 제주도에 이렇게 눈이 많이 오는 건 반칙 아닌가. 멀쩡한 날에도 오후에 갑자기 흐려지면서 예사롭지 않은 바람과 함께 달산봉(우리집 근처에 있는 산으로, 2층에서 항상 보이는 시야에 있다)에서부터 눈이 미친 듯이 달려오는? 게 보이기 시작하면 여지없이 10초 뒤 현장에는 시야가 안 보일 정도로 강한 눈바람이 몰아쳐 아저씨들이 싹싹 발라놓은 시멘트들이 죽죽 흘러내리기 시작했다. 그런 날은 일을 해도 하는 게 아니었다. 흘러내려온 시멘트를 다시 끌어올려 발라도 아무 소용이 없었다. 그 다음 날은 바닥에 떨어진 시멘트를 수습하고 눈을 맞아 구멍 난 벽면들을 채우는데 시간을 다 허비했다. 이런 날들이 하루이틀에 그치지 않아 일하시는 분들도 눈에 보이게 힘들어하셨고, 기온은 그리 낮지 않은데도 제주 칼바람에 뼛속까지 시린 나날들이 계속되어, 새벽에 와 땔감으로 불을 지펴놔도 잠깐 몸을 녹일 수 있을 뿐 추워서 코끝에 콧물이 맺혀 일을 하시는 아저씨들한테 일이 빨리 진척이 되지 않는다고 타박할 수 있는 부분도 아니었다.

결국 날씨가 조금이라도 안 좋다고 하는 날엔 아예 나오질 않기 일쑤였고, 무슨 장난인지 아저씨들이 쉬는 날엔 쨍 하니 그렇게 좋을 수가

미장 : 벽체를 보호하고 아름답게 하기 위해 진흙 반죽이나 시멘트 반죽 등을 바르는 작업

없는 날씨가 얄밉고 화가 났으며, 죽죽 흘러 굳어버린 미장벽면들을 보면서 위염이 도는 것 같아 밥을 삼킬 수 없었다.

거짓말 같은 날씨놀음에 괜한 감정만 계속 상해 남편과 싸우는 일이 잦아져 내가 여기까지 부부싸움 하러 온 게 아닌데… 우리가 좋다고 시작한 일에 스트레스 받지 말자, 지금 안 되는 일에 속 끓이지 말자, 모든 일엔 다 이유가 있겠지, 주문처럼 외우며 머릿속을 비워내려 노력하는 게 할 수 있는 전부였다. 그렇게 애끓는 한 달여가 지나서 미장을 겨우겨우 끝낼 수 있었고, 기다리던 미장 마감하는 날, 동네 분들과 수고하신 아저씨들과 현장에서 즉석 바비큐를 해 먹으며 그동안 끙끙 앓았던 속을 풀어냈다.

남편도 그날은 긴장이 많이 풀어졌는지 평소보다 적게 마신 술에 만취해 몸을 가눌 수 없을 지경이 되어 걷질 못하고 쓰러지기만 했다. 그런 모습을 보며, 나는 속상하고 화나면 남편한테 악다구니라도 치면서 소리소리 지르는데 이 사람은 그렇게 할 대상이 없었겠구나… 싶어 마음이 짠했다. 속으로 나보다 훨씬 더 걱정했을 거고, 나보다 더 많은 걸 책임지고 가야 하는 부분에 힘들고 버거웠을 텐데.

갑자기 눈 시뻘겋게 뜨고 화를 냈던 일들이 후회가 되기도 했다. (물론, 그 이후로도 난 화를 많이 냈다. 왜 막상 싸울 땐 그런 가여운 마음이 안 드는 지… 항상 미스터리할 뿐이다) 그렇게 우리는 술이 내가 되고 내가 술이 되면서 한 달여간에 속앓이를 끝냈다.

▶ 속앓이 대잔치가 벌어졌던 미장!!

▼ 건물에 처음으로 마감재를 붙이던 역사적인 순간! 늦은 오후에 시작해 깜깜한 밤이 되도록 너무 신나 집에 들어갈 수 없었던 매력적인 작업~ 마치 건물이 다 완성된 것 마냥 신이 났었다.

반짝이는 아시바와
멍이 든 것처럼 파란 하늘이 신기한…

지금에 와서야 일정이 늦어지게 된 게 다행이며 감사한? (우리 일이 여러 가지로 많이 늦어지는 동안, 제주의 숙박 성향도 많이 바뀌어 우리가 생각한 최종 목적지가 변경되기에 이르렀다) 일들로 바뀌었지만 그때의 타들어가는 심정은 이렇게 글로 몇 줄 적어 내려가는 것 정도로는 표현이 되질 않아 내 글솜씨가 안타깝고 딱할 뿐이다.

집을 짓다 보면, 내 마음대로 안 되고 계획대로 안 되는 일이 허다한데, 그 중에서 제일 힘든 건 사람을 써서 일을 할 때라는 생각이 든다. 내 돈 주고 일을 시키면서도 싫은 소리를 제대로 못 하고, 눈치 보는 상황이 생길 때마다 나는 정녕 바보인가, 아 이게 도대체 뭐 하는 짓인가,라는 자책을 많이 했었다. 나이가 어린 것 때문에 상대적으로 열세한 부분도 있겠지만, 한편으론 괜히 싫은 소리를 해서 일을 잘 안 해주면 어떡하나 싶은 걱정 때문이기도 했다.

역시 사람을 잘 쓴다는 것, 사람을 잘 부린다는 것은 아무나 할 수 있는 일이 아닌 고난이도의 스킬과 노하우가 필요한 피곤한 일이구나, 를 절실히 깨달으며 우리 부부는 2014년의 연말을 맞이해야 했다.

친구네 집에 한 달 살기

아무리 열심히 해도 시간은 흘러 이미 해가 바뀌었고, 년세가 끝나는 날은 코앞으로 다가와 있었다.

우리는 과연 어디로 가야 하는가 밤낮으로 걱정할 때였다. 따로 떨어진 작은 룸만 완성해서 이사한다 해도, 화장실 준비와 내장 치기까지 한 달여가 걸린다. 게다가 우리 둘이면 잠깐 여관에 들어가 살아도 되지만 이월이가 있어서 쉽지 않은 문제였다. 여러 군데 전화를 해봐도 강아지가 있다고 하면 갑자기 뚝! 끊어버리기 일쑤였고, 하루아침에 난민이 된 기분이라 착잡하기 그지없었다. 그런데 고맙게도 우리 사정을 안 찌구, 뿔리가 너무 쉽게 "한 달 정도면 그냥 우리집에서 지내요"라고 먼저 말해주어 우리는 예의상 잠깐 3초 정도 고민하고 이사하기로 결정했다.

1년 밖에 살지 않았는데도 꼭 10년을 산 것처럼 제주에서의 첫집은 너무 많은 사연을 두고 나오는 것 같은 묘한 기분이 들었다. 생각해보면 이 집은 힘들게 일하고 지쳐 들어오면 토닥토닥 위로해주는 아방궁 같은 곳이었고, 이 집에서 산 1년이 육지에서 지낸 다른 1년보다 훨씬 더 다이나믹했다. 이사 나오는 심정이 괜히 짠하고 미안했다. 그렇게 우리는 정든 과수원이 있는 집을 뒤로하고, 얼렁뚱땅 다시 짐을 싸 민폐손님으로 친구네 집에서 한 달을 같이 살게 되었다.

친구들의 고마운 배려에 감사해하며 우리는, 더 이상의 민폐는 없도록 꼭 계획한 대로 한 달 안에 우리집으로 들어갈 수 있게 밤낮 없이 일에 매진했다.

친구네 얹혀 사는 불안불안한 생활이었지만, 그래도 조금 있으면 우리집으로, 임시 거처이긴 하지만 우리가 지은 우리 건물에서 발 뻗고

1. 조소과임에도 용접을 못 배웠었는데… 남편에게 친히 전수받았다.
   우린 어쩌면 사이가 되게 좋은 걸 수도 있다.
2. 아시바 철거

숨을 못 쉴 정도의
시포질과 우유 같은 눈물을 쏟아내도
우리집에 들어갈 수 있다는 기대심리로,
얼굴과 몸은 엉망진창이 되어도
즐겁게 일을 했던 날들.

살 수 있다는 기대심리로 매일매일이 즐거웠다. 그래서 팔이 떨어져라 핸디 작업을 해도, 눈에 석고보드 가루가 한 움큼 들어가 우유 같은 눈물을 쏟아내도, 이사 날이 가까이 다가오고 있다는 생각에 힘들어도 힘든 줄 모르고 일을 했다.

생각해보면 이 날만을 꿈꾸며 얼마나 많이 몸이 부서져라, 아니 좀 더 정확히는 하고 싶은 것들을 참고 일만 했는지 모른다. 한번은 외관에 시멘트 사이딩을 붙일 때, 그때가 2014년 말쯤이니 12월 말일 정도였던 것 같다. 사이딩 붙이는 작업에 열이 올라 집에 갈 생각도 못하고 조명을 켜고 야간작업을 할 때였는데, 추운 날씨에 얼굴은 빨개지고 콧물을 줄줄 흘리며 일을 하는 중 어디선가 "건배~!"를 외치는 소리가 연신 들리는 것이다. 그리곤 와자지껄 웃는 소리, 맛있는 걸 함께 먹으며 접시가 딸그락거리는 소리, 서로의 안부와 내년의 복을 기원하는 덕담 등 술자리 분위기가 계속 되는 소리가 이어졌다.

그 순간, 나도 모르게 그 사람들과 짠~ 하며 건배하는 나를 상상하며 술 한 잔이 진짜 입술에 닿은 것 같아 침이 꼴깍 넘어갔다.

이미 나는 그 술자리에 앉아서 같이 밥을 먹고 술을 먹는 나를 연신 상상하며 끼고 싶어 했다. 그때 갑자기 내가 지금 여기서 뭐하고 있나? 아! 나도 송년회 하고 싶다,라는 마음이 들면서 침을 단술인 양 꿀꺽 삼켰더랬다. 지금 생각하면 웃기고 유치하지만 그때는 추위와 육체적 한계에 지쳐, 굉장히 절실하게 그 술자리에 합석하고 싶었다. 그때 그 건배 소리가 어느 집 담을 타고 흘러나온 건지는 모른다. 다만,

육지 살 땐 매년 송년회, 신년회, 생일, 등등등 서로를 챙겨주며 궁금해하고 만나서 웃고 얘기하고 위로하고 체온을 공유했던 만남들이 있었는데, 여기서는 아무래도 맨날 보는 얼굴이 남편얼굴로 한정적이라 마음까지 추위를 타고 있었나 보다. 그러던 중 그날, 나도 모르게 소리로만 들려오는 타인들의 송년회에, 내 영혼을 합석시키고 싶었던 것 같다. 누구한테는 싱거울 수도 있는 이 에피소드가, 애주가인 나에게는 맥없이 다리가 풀리는 어쩔 수 없는 상황이었다.

아무튼 이런 시련?들을 참아내면서 일에만 매진한 나날들에 대한 보답이 바로 코앞으로 다가오고 있었고, 우리는 한 달을 열흘처럼 보내며 디데이만을 기다렸다. 하지만 급할수록 돌아가라고 했던가. D-day 전날 모든 게 망해버렸다.

떠 붙이기는 아무나 하는 게 아니구나 (화장실 타일 작업)

이 일을 시작하면서 불편하고 힘든 게 아주 많았지만 여자로서 제일 힘들었던 건 바로 화장실이었다.

남편은 그냥 나무 뒤나 건물 뒤에 가서 간단히 해결하고 오면 되지만, 여자는 그게 안 되니 어떨 땐 너무 참아 아랫배에 쥐가 나는 것처럼 복통이 느껴지기도 했다. 걸어서 10분 정도 거리에 마을회관 화장실이 있지만, 일하다 말고 타이밍에 맞게 화장실로 뛰어가기가 여간 번

거로운 게 아니고, 어쩌다 급해서 달려가면 잠겨 있을 때도 있어 어쩔 수 없이 차를 타고 마트나 은행으로 직행하는 날도 다반사였다.

그로부터 지금 이 순간, 그렇게 꿈에 그리던 오매불망 화장실이 드디어 우리집에도 생기는구나… 동네방네 자랑하고 싶을 만큼 기분이 좋아 부자가 된 기분이었다. 하지만 변기를 설치하기 전에 먼저 화장실 타일을 시공해야 한다. 화장실 타일을 붙이는 데는 본드를 쓰는 방법과 시멘트와 모래를 섞어 떠 붙이는 방법이 있다. 전자는 벽면이 고르거나 리모델링을 위해 타일 위에 다시 타일을 시공할 때 흔히 사용하는 방법이고, 후자는 벽면이 고르지 않을 때 사용된다.

우리집 화장실들은 전부 방수처리를 해놓아서 표면이 울퉁불퉁해 후자 쪽인데 이것 역시 이론으로만 알고 있지, 과연 우리가 할 수 있을까 머릿속으로만 뱅뱅 돌던 때, 남편의 "그냥 한번 해보자"라는 말에 난 또 시멘트를 섞고 있다. 천생연분이 따로 없다.

하지만 우리는 이날 몇 평 안 되는 화장실에서 나오지도 못하고 미친 듯이 싸웠던 기억만 생생할 뿐이다. 도대체가 타일은 붙을 생각을 안 하고, 위에 것을 붙이면 밑에 것이 떨어지고, 밑에 것이 떨어지면, 옆에 것이 떨어지고, 서로 지지 않고 떨어지기만 1등 하려는 타일들 때문에 우리는 두 손과 무릎으로 고정하며 붙여놓기 위해 안간힘을 썼다. 하지만 그래봤자 내 손 두 개, 남편 손 두 개, 내 무릎, 남편 무릎 다 합쳐도 4개. 그럼 9번째 타일은 누가 와서 붙들어줘야 하는 건지… 이 타일 다 붙이려면 하천리 주민이 다 와서 하나씩 잡아줘야 하는 건지. 갑자기 이 상황이 너무 웃겨서 나도 모르게 웃음이 터지면서 손을 놓치고 말아, 내가 잡고 있던 타일이 주저앉아 깨져버렸다.

남편은 일이 마음대로 안 돼서 짜증나고 화가 나는데, 내가 웃고 있다며 타박하기 시작했다. 나는 눈이 시뻘겋게 짜증이 난 남편에게, 진심으로 기운이 빠져 얘기했다.

"이제 그만 하자. 아침부터 지금까지, 지금이 벌써 3시인데, 3단도 제대로 못 붙이고 떨어지는 게 더 많으니. 나, 이 화장실에서 좀 나가고 싶다. 이건 우리가 할 게 아닌 것 같아. 타일 기술자 아저씨를 지금이라도 알아보자."

씩씩거리던 남편도 잠깐 멍한 눈으로 고민하더니, 얼른 여기저기 전화를 걸어 타일시공 하시는 분과 연락이 닿았다. 타일 사장님께선 마침 이 근처에 사시는 분이라 1시간 정도 후에 현장에 들르셨다.

우리가 저질러 놓은 처참한? 현장을 보시며 입가는 살짝 웃으시는 것 같았지만, 나는 창피해서 아무 말 하지 않고 모르는 척 가만히 있었다.

"저희가 내일 모레 여기 들어와 살아야 해서 그러는데요, 사장님. 얼른 타일 붙이고 변기를 설치해야 하는데… 그래서 저희가 어떻게 한번 해보려고 했는데, 잘 안 되고 어렵네요. 허허허허.(남편이 민망할 때 나오는 바보웃음) 이게 며칠이나 걸릴까요?"

"화장실 하나당 하루면 끝나요. 여기는 화장실 6개니까 6일이면 다 되겠네요."

"하루요? 우린 오늘 화장실에서 나오지도 못하고 끙끙대며 3단밖에 못 붙였는데… 와, 대단하시다. 허허허허.(또 바보웃음 발사) 그럼, 오늘 저희가 붙인 건 뗄까요?"(이런 바보 같은 질문을 하다니…)

"… 네, 떼셔야 할 것 같네요."

그렇게 우여곡절 끝에 화장실 타일 문제를 해결했고, 타일 사장님은 약속한 날짜에 오셔서 귀신같은 솜씨로 타일 붙이는 스킬을 보여주셨다. 정말 신기하게도 적당량의 물과 사모래로 한 번에 쫘악~ 하고 붙는 타일을 보면서, 그렇게 아무나 하는 게 아니었는데… 괜히 좁은 화장실에서 오도가도 못하고 또 둘이서 괜한 파이팅만 했구나, 한숨이 나왔다. 하지만 남편은 뭔가 미련을 못 버렸는지, "이상하다, 어제도 분명 이렇게 한 것 같은데 왜 안 붙었지"라는 말을 되풀이했다. 타일 사장님은 웃으시면서 말씀하셨다. "타일은 시멘트로 붙이는 게 아

화장실을 반짝반짝하게 만들어주신
타일 사장님의 뒷모습.
(feat. 신랑의 뒷모습)

니라 물로 붙이는 거예요. 그래서 물 양이 관건이죠."

그러고 보니 어제 남편은 시멘트 양이 적어서 안 붙는 것 같다며 연신 갖다 부어 섞고 또 섞었더랬다. 똑같은 재료로 다른 결과를 내는 걸 보면 역시 전문가는 전문가구나,라는 당연한 생각이 절로 들었다.

우리의 첫 번째 화장실은 그렇게 반짝반짝 전문가의 솜씨로 재탄생되었다.

"하루 정도 지나서 변기랑 수전이랑 설치하시면 돼요" 라는 듣기 좋은 달콤한 말을 남기시고 사장님은 다음 스케줄을 잡으셨다.

아~ 드디어 변기를 설치하는구나! 변기, 변기, 변기, 꿈에 그리던 변기, 마르셀 뒤샹의 변기보다 내 첫 번째 변기가 더 뜻 깊다고 말하고 싶어진다.

그렇게 꼬박 하루가 오길 기다려 우리는 아~! 기다리고~! 기다리던 변기를 설치할 수 있었다. 한번씩 우리는 아직 문도 없는 화장실에서 변기 시승식? 을 하며 둘이서 물개 박수를 쳐대기도 했다.

우리의 이사 준비는 아무 문제없이 순조로운 듯 보였다.

#남편의 발이 뚝! 부러지다

우리가 직접 집을 짓는다고 했을 때 사람들이 제일 걱정한 부분이 바로 '사고'였을 것이다. 이렇게 거친 일이니 만큼 혹시나 어디 다칠까

하는 걱정. 다행히 감사하게도 우리는 여지까지 큰 사고 없이 잘 해나가고 있었다.

그런데! 그런데 왜 하필! 우리가 이사하기로 한 전날, 바로 전날, 이런 어이없는 일이 일어났는지 지금 생각해도 웃음만 나온다.

전날까지 이사준비를 다 마치고, 오후에 짐을 옮길 계획이었다. 오전엔 신풍리 아저씨네 2층 슬라브 타설 준비를 도와드리기 위해 이사를 오후로 미뤄놓았다.

문제는 전날 밤이었다. 남편이 자기 전 담배 한 대를 태우고 소변이 마려워 집 밖에서 볼일을 보고 들어오는 길이었다. 나는 방에서 이미 잠에 취해 비몽사몽 하고 있는데 남편이 발등을 부여잡고 쩔쩔매며 쓰러지듯 방으로 들어왔다.

"아… 아… 죽을 것 같아… 너무 아파… 아…."

"왜 그래! 왜!"

"아… 발이… 돌에 부딪쳤는데, 너무 아파!"

"이렇게 봐봐!"

그때까지만 해도 발등이 약간 벌게졌을 뿐 별 증상이 없어 보여 심각한 일이라고 생각을 못했다.

"아무렇지도 않구만. 발가락 움직여봐. 움직일 수 있으면 부러지거나 한건 아닐 거야, 좀 참아봐. 그러게 뭐 하러 깜깜한데 밖에 나가서 오줌을 싸고 그래!"

"이상하다. 진짜 아픈데. 근육이 놀란 건가?"

"일단, 좀 참아보고 내일까지 아프면 신풍리 아저씨 도와드린 다음에 병원에 가보자."

그리고 조금 시간이 흘렀을까? 남편의 발등에 메추리알처럼 볼록하게 혹이 하나 생기는 것이다.

"여보! 이거 봐봐! 신기하지! 완전 볼록해!"

"뭐야, 안 아파?"

"응. 아까보단 아프지 않은 것 같아."

지금 생각해보면 그 밤에라도 응급실에 갔어야 했는데, 우리의 대화는 덤앤더머 못지않게 한심하기 짝이 없었다.

아침이 밝아와 남편의 발등을 보니 무적함대 마냥 땡땡 부어 있었고, 색깔은 붉다 못해 냉동실에서 금방 나온 것처럼 푸르딩딩해져 있었다. 남편은 발을 땅에 딛지도 못하게 아파했고, 나는 분명 사단이 나도 크게 났구나,라는 생각에 정신이 번뜩 들었다.

"어쩌지. 일단, 신풍리 아저씨네 바이브레이터를 내가 하기로 했는데 발이 이래서 큰일 났네!"

급한 대로 자고 있던 찌구, 뿔리를 깨워 이 암울한 사태를 알려야 했다. 방에 들어온 찌꾸, 뿔리도 눈이 동그래져 남편의 발을 쳐다봤다. 네 명이 머리를 맞대고 생각해봐도 그 새벽에 당장 달려올 사람이 없었다. 인력회사에 전화해봐도 오늘은 사람이 없다는 말만 되풀이했다.

"안 되겠다. 그냥, 나랑 뿔리랑 둘이 하자! 무거우면 둘이 번갈아가면서 들면 되니까 한번 해보자!"

"그래용!"

그날따라 갑자기 기온이 뚝 떨어지고 매서운 바람이 불어 볼이 떨어져나가게 추웠다. 하지만 추운 것보다 괜히 우리가 잘하지 못해 실수라도 하면, 아저씨네 집 짓는 농사가 잘못 될까 걱정되는 마음이 더 커 바람이 얼굴을 야물차게 할퀴고 지나가는데도 신경 쓸 겨를이 없었다. 절뚝거리며 차에서 내리는 남편을 본 신풍리 아저씨는 놀란 토끼눈이 되셨고, 남편은 못 도와드려서 죄송하다는 말만 되풀이했다.

"남편 대신에 저랑 뿔리랑 도와드릴게요. 죄송해요."

"아니에요. 괜히 제수씨한테 내가 미안하네."

뿔리와 괜히 더 큰 소리로 파이팅을 한 번 외치고, 옥상으로 올라가 두근거리는 마음을 진정시키고 공구리가 부어지기만을 기다렸다.

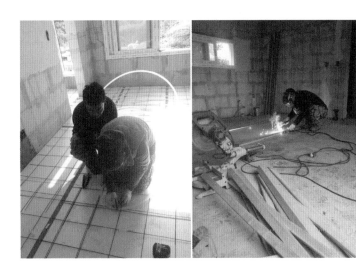

아저씨의 신호에 맞춰 후두두둑 시멘트가 쏟아지지 시작했고, 나도 뿔리도 동시에 손에 힘을 꽉 주었다. 찌꾸가 바이브레이터를 골고루 쳐주면 우리는 몸체와 리드선을 들고 뒤따라다니며 선이 꼬이지 않게 해주어야 했다. 그렇게 무거운 무게는 아니지만 갯벌처럼 푹푹 빠지는 다리 때문에 여간 진이 빠지는 일이 아니었다. 게다가 어정쩡하게 무겁지 않은 무게라고 생각했는데 계속 들고 다니니 점점 무겁게 느껴져 골반에 기대 잡고 있다가, 뱃살에 기대 잡고 있다가를 반복해야 했다. 그렇게 다행히도 아무 염려 없이 아저씨네 타설을 끝낼 수 있었고, 남편과 부랴부랴 동네 병원에 가 엑스레이를 찍고 의사가 불러주길 조마조마하게 기다렸다.

"설마, 부러지진 않았겠지."

"설마…."

하지만 그 설마는 우리의 발목을, 아니 남편의 발등을 잡았다.

의사 왈, "자, 여기 보이시죠? 발등 있는 쪽. 원래는 여기 붙어있던 뼈가 부러져서 여기로 떨어졌어요. 보이시죠? 이건 큰 병원 가서서 수술하셔야 할 듯하네요."

"수술이요?"

우린 거의 동시에 대답했다.

"네. 안 그러면 좀 힘들어요. 뭐 경우에 따라선 어떤 의사는 시간을 두고 천천히 붙을 때까지 기다릴 수도 있겠지만, 이건 수술하는 쪽이 나아요."

"수술하면요? 바로 나아요? 언제부터 다닐 수 있어요?"

"수술하셔도 한동안은 목발 쓰셔야 하고 깁스를 좀 오래 하셔야 해요. 깁스를 푼다 해도 계속 조심은 하셔야 하고…."

내 귀를 의심할 만큼 청천벽력 같은 소리였다. 가뜩이나 딜레이된 일 때문에 오픈 준비는 늦어지고, 생활비는 떨어져가고, 며칠 있으면 동생 결혼식이라 육지에도 올라가봐야 하는데, 갑자기 머리가 텅텅 비어 요즘 애들 말로 병맛인 기분이었다.

일단 큰 병원으로 가라는 말에, 제주시까지 가려면 남편은 운전을 할 수가 없어 찌꾸에게 부탁해야 했다. 이럴 땐 면허를 따놓지 않은 내가 어찌나 한심한 미개인처럼 느껴지는지.

역시나 큰 병원에서도 의사들끼리 통화해서 짠 듯 똑같이 수술을 권했고, 애석하게도 그 수술날짜는 동생의 결혼식 때문에 비행기 티켓팅을 해놓은 날짜와 겹쳐 있었다.

갑자기 화나는 마음에 병원 한구석에서 아픈 남편을 붙들고, 화장실이 안에 없는 것도 아닌데 뭐 하러 그 밤에 오줌을 싸러 나가 이 사단을 만드냐며 소리소리를 질러댔다.

부모님이 일찍 돌아가셔서 동생 결혼식에 많이 신경 쓰는 걸 아는 남편은 엄마한테 혼나는 애 마냥 아무 말 못하고 눈치만 보고 있을 뿐이었다. 갑자기 바닥에 주저앉아 울고 싶은 마음이 들어 병원 천장만 뚫어져라 쳐다보면서 돌아가지도 않는 머리를 굴려보려 애를 썼다.

하지만 내가 애써봤자, 답은 정해져 있었다. 남편은 수술을 해야 했

고, 우리는 일을 중단할 수밖에 없었다. 이건 인력으로 바꿀 수 있는
게 아니었다.

동생의 결혼식

여기저기 전화해 남편은 이번에 못 올라갈 것 같다고, 조금 다쳐서 입
원했다고 했더니 사람들의 반응이 한결같았다.
"거봐! 일하다 다친 거지? 그러게 그 일이 얼마나 위험한 건데, 사람
도 안 쓰고 둘이 하더니 결국은 다치잖아. 그러게 어쩌구 저쩌구…."
"그런 거 아니야."
"그럼, 뭐! 괜히 걷다가 다쳤겠어!"
"어."
"어?"
"오…오…줌 싸러 나가다가 넘어져서 그래."
"…오…줌… 싸러?"
정말 일하다가 다쳤으면 위로라도 찐하게 받을 걸… 모두 다 이유를
듣고 나면 어찌할 줄 몰라 더듬거리거나 미지근한 걱정을 해주기도
하고, 웃음을 터트리기도 했다. 동생도 속상한 마음에 "형부는 왜 하
필 지금 다쳐서 그래! 가뜩 식구도 없는데 큰 일 앞두고 조심 좀 하시
지!"라며 걱정 반 서운한 마음 반을 비쳤다.

급하게 수술날을 받아놓고, 미리 예약했던 티켓을 취소한 다음, 의사 선생님께 넌지시 보호자가 언제까지 옆에 있어야 되는지 물어봤다. 다행히도 전신마취가 아니라서 수술 당일 하루 정도만 옆에 있어도 된다고 해 그나마 가벼운 마음으로 수술 다음날로 비행기 티켓을 다시 예약했다. 마음 같아선 좀 더 일찍 올라가 이것저것 봐주고 싶었는데, 결혼식에 빠지지 않는 것만으로도 다행이다 생각해야 했다.

그렇게 우리의 예정에도 없던 남편의 수술은 별 탈 없이 잘 끝났고, 수술실에서 나온 비몽사몽한 남편의 첫 마디는 "밥 언제 먹어?"였다. 그래, 아프다고 쩔쩔매는 것보단 식욕이라도 있어 잘 먹고 빨리 낫는 게 낫겠지 하면서도 마취가 깰 때까지 밥 타령만 하는 남편에게 화가 나기도 했었다.

어쨌든 식욕 좋은 남편 덕분에 나 역시 좀 더 편한 마음으로 비행기를 탈 수 있었다. 남편 없이 비행기를 타본 건 처음이라 괜히 마음에 구멍이 난 거 마냥 내내 기운이 나질 않았다. 친정오빠네서도 모두 다

남편 걱정뿐이었다. 어쩌다, 하필, 이런 때… 이런 단어들이 무한반복
되며 다들 아쉬워하고 안타까워했다.

새 언니는 "제주도 와서 여지까지 안 쉬고 일만 해서 고모랑 고모부
쉬라고 이런 일이 있나 보다. 그냥 좀 잠깐이라도 편하게 쉬어, 너무
일만 하긴 했어"라고 제일 마음에 드는 위로를 해주었다.

그러고 보니 우리 부부는 진짜 쉬는 날도 없이 계속 일만 했던 것 같
다. 누가 시켜서 하는 일이었으면, 억만금을 줘도 못할 일이었는데,
신기할 정도로 열심히도 했다는 생각이 들었다. 이런 생각 저런 생각
하니, 아픈데 아프다고 말도 못하고 이월이처럼 눈치만 보던 남편이
생각이 나 미안해졌다.

며칠 동안 급한 대로 이바지 음식이며, 한복대여며, 정신없이 밀린 일
들을 해치우니 동생의 결혼식날이 되었다.

오랜만에 만나는 분들 모두 남편은? 남편은? 하며 반복되는 질문을
하시는 바람에 입에서 단내가 나게 같은 설명을 하느라 바빴다. 그럴
수록 남편의 빈자리가 더욱 크게 느껴져 병원에서 뭐하는지… 밥은
제대로 먹고 있는지… 맛있는 뷔페음식을 보면서도 남편의 얼굴이
떠올랐다. 그러면서 또 왜 하필 지금 다쳐서, 좋아하는 음식들도 못
먹고… 참, 사람 마음이 간사한 게 그만큼만 다친 것도 다행이라고 생
각하다가도 이런 얄궂은 원망이 시시때때로 고개를 쳐든다.

시간이 어떻게 지나간 줄 모르게 결혼식은 끝났고, 나도 한시름 놓으

면서 제주로 돌아가면 뭘 어디서부터 어떻게 할지 약간 너그러워지는 것 같은 기분이 들었다. 그렇게 번개불에 콩 튀겨 먹듯 나의 서울 여행기가 무사히 끝난 걸 나는 감사하고, 또 안도했다.

진짜, 이사

남편은 10일 만에 무사히 퇴원했다. 우리가 없는 동안 찌구, 뿔리가 이월이를 봐주어서 다행이었고, 절뚝거리는 남편 대신에 이삿짐도 별 탈 없이 옮길 수 있었다. 두 다리로 멀쩡히 걸어서 들어왔으면 오늘의 뜻 깊은 우리집 입성기가 더욱 그럴싸했을 텐데 또 아쉬운 마음이 고개를 들 찰나, 그래도 이 날은 아무 걱정 없이 파티 타임을 즐기고 싶었다. 여러 사람의 도움으로 여기까지 오게 된 것, 수술이 잘 돼서 무사히 퇴원할 수 있었던 것, 무엇보다 우리가 지은 건물로 이사 올 수 있었던 것, 모든 게 감사하고 또 감사한 순간을 즐기고 싶었다.

이사 파티에 중식이 빠지면 서운하니, 거창한 요리들과 회 한 접시를 떠와, 신풍리 아저씨와 찌꾸, 뿔리 모두 모여 잠깐 못 본 며칠 사이에 일어난 일들로 수다를 떨고 남편의 발 걱정, 일 걱정, 서로의 걱정들로(우리 삶은 걱정 없인 재미없어서 못 살 것 같다는 생각이…) 똘똘 뭉친 얘기꽃을 피웠다.

걱정이 많은 삶이지만, 그래도 항상 무사히 현재진행형인 삶을 살고 있다는 것에 다시 한 번 감사하며, 파티는 마무리되었다.

자고 일어나 아침에 눈을 뜨는데 정말 여기가, 이 공간이 우리가 손수 지은 공간이 맞나? 믿겨지지 않고 비록, 세간살이 없이 버너에 밥을 해먹는 신세이고, 화장실 문이 없는 현실이지만, 나의 보물1호 변기가 있다는 것에 감사하고, 누워 자고, 쉬고, 먹을 수 있는 공간이 있다는 것에 감탄했다.

그런데, 정말 이 화장실 문이… 첫날 아침에 급하게 신호가 오는데 어찌 할 수가 없어서 남편 보고 급하게 당장 나가라고 소리를 지른 다음 나간 걸 확인한 후 일을 보았다. 급한 대로 집에 있는 큰 천을 압정으로 박아서 사운드는 못 막아도 민망한 꼴은 감출 수 있게 했다. 그 후로 우리 집에 오는 손님들은 다들 화장실을 처음 접하면 당황해서 어쩔 줄 몰라 쩔쩔매곤 했다.

게다가 손님들이 화장실에 들어가 변기에 앉기라도 하면 이월이는 커튼을 가볍게 젖히고 따라 들어가 갑자기 없던 애교를 부리며 무릎 위에 올라가려고 했다. 운이 나쁘면, 이월이가 밀고 들어간 커튼이 젖혀진 채로 그대로 있어 안팎으로 서로 당황스러운 장면이 연출되기도 했다.

한번은 사촌 여동생이 놀러와 화장실을 보고 껄껄껄 웃고는, 아침 마다 볼일을 보러 갈 때면 마이클 잭슨의 Billie Jean을 크게 틀어주며 볼륨을 상황에 따라 조절해주는 센스를 보여주기도 했다. 그 후로 어디선가 Billie Jean이 들릴 때면 나의 장운동이 시작되는 것 같아, 그때의 그 비트는 너무 소중한 기억으로 남아있다.

우리는 그 공간에서 5개월 정도 보낸 후 진짜 우리집인 옆 건물로 이사할 수 있었다. 제주에 오면서 이사를 도대체 몇 번이나 하는 건지 생각해보면 징글징글하다가도, 이사할 때마다 더 나은 공간을 꿈꿀 수 있었고 기대감과 설레임이 함께했던 순간들이 같이 떠올라, 그때 그렇게 꿈꾸며 무조건 열심히 했던 남편과 나에게 박수를 쳐주고 싶어진다.

갑자기 뜬금없는 자랑글이 되어버려 민망하지만, 너무 버거웠던 육체노동에도 단 한번 변심이나 외도 없이 여기까지 온 게 서로 신기하고 기특하다는 생각을 자주 하곤 했다.

급작스레 멈춰버린 일정에도 이 공간이 고맙고 소중하면서 우리가 지금 얼마만큼 달려온 건지 모르겠지만, 잠깐 쉬는 이 시간에 에너지를 잘 저장해 다음 파트 공정에 어떤 변수가 버티고 있어도 부디 잘 헤쳐 나갈 수 있기를 바라고 또 바라는 마음뿐이다.

학꽁치 88마리 파티

우리의 소중한 첫 번째 공간에 누워 깁스한 남편의 발을 서로 쳐다보며, 김빠진 한숨을 쉬다, 또 싱겁게 한 번 웃다가를 반복하는 날들이었다.

원래도 가만히 있는 걸 참지 못하는 성격의 남편인지라 병원에서부터 많이 참았다고 생각했는데 역시나 좀이 쑤시고 몸이 근질근질해 발이 아픈 것 보단 갑갑증이 나 없던 병도 걸리게 생겼다. 드라이브라도 갈까, 아님 맛있는 거라도 먹으러 갈까, 생각하던 중 바람도 없고 날도 좋아 오랜만에 둘이 낚시를 가기로 했다.

남편과 나는 낚시를 매우 좋아한다. 일하다가도 둘이 싸우거나 또는 이유 없이 일이 안 풀리는 날엔 과감히 하던 일을 휙 팽개치고, 간단히 채비만 해서 코앞에 있는 바다로 나가 아무 말 없이 낚시를 하곤 했다. 그럼 미친 듯이 내 앞에 밀려 있던 일들도 생각이 하나도 안 나고, 그냥 멍하게 쳐다보는 하늘과 바다물결이 마냥 나한테 괜찮아 괜찮아 말해주는 것처럼 위로받고 좋았다. 물론 어복이 있는지 갈 때마다 선물 받듯 낚이는 물고기들에 큰 부자가 된 듯 즐거웠다. 어디 안 가고 항상 그 자리에 있는 바다가 든든하고 더 좋았다.

낚시를 갈 때마다 만나게 되어 눈인사를 나누는 아저씨가 있었는데, 볼 때마다 빠른 손놀림으로 가볍게 낚아채며 물고기를 한가득 담고 홀연히 사라지곤 하셨다. 어떻게 저렇게 잘하시지? 신기하네. 남편과 내가 손가락을 빨고 있을 때 그 분은 항상 물고기를 담느라 바쁘셨다. 그 날도 어김없이 그 분이 계셨고, 또 군더더기 없는 빠른 스냅으로 새우를 끼우더니 낚싯대에 센서를 장착하신 것 마냥 금세 물고기를 낚아채셨다. 남편은 궁금증을 못 참고 아저씨에게 다가가 "어우, 낚시를 어쩜 그리 잘하세요? 비법이 있으세요?" 라고 물어봤다.

아저씨는 멋쩍은 웃음을 지으시더니 그냥 많이 하면 자연스럽게 알게 된다고만 하셨다. 그러더니 남편의 채비를 다시 봐주시면서 어느 정도에 뭐가 잘 나오는지, 어느 깊이만큼만 던지면 어떤 물고기가 잘 나오는지 등을 가르쳐주셨다.

남편의 채비를 봐주시다가 뭐가 잘 안 되고 부품이 없다며 갑자기 이리 따라오라고 남편을 어디론가 데리고 가셨다. 10여 분이 지나 남편이 나타났고, 남편은 은총을 받은 양 밝은 얼굴로 "저 분이 낚시를 잘하는 이유를 알았어! 요 위에 해녀의 집 식당 사장님이야"라며 짱짱하게 정비된 낚싯대를 자랑스럽게 바다에 던지며 기분 좋아했다.

사장님이 가르쳐주신 대로 어느 정도 거리만큼 낚싯대를 드리우니 신기하게도 독가시치가 심심치 않게 잡히기 시작했다. 남편은 연신 신나했고, 눈 먼 물고기들은 계속 올라와 주었다. 그렇게 우리는 식당 사장님에게 낚시 비법을 전수받으며 일이 없는 날엔 낚시에 푹 빠져 지냈다.

갑갑증이 난 그날도 바다를 찾아갔다. 그런데 낚시꾼들이 엄청 바쁘게 똑같이 생긴 물고기들을 낚느라 정신이 없어보였다. 또 궁금한 건 못 참는 남편이 얼른 다가가 "이게 뭐예요?" 물었고, 다들 "학꽁치"라고 말하면서 계속 잡아 올리느라 분주했다.

학꽁치? 꽁치는 아는데 학꽁치는 뭐지? 남편은 물음표인 내 얼굴을 금방 알아채고, 과메기 만들 때 쓰는 물고기가 학꽁치라고 설명해주

며, 이미 빨리 잡고 싶어서 안달이 나 쩔뚝거리면서도 채비하기 바빴다. 그리고 보니 바다 속 안이 꿈틀꿈틀 하는 게 은빛 학꽁치가 가득 차 그야말로 물 반 고기 반,이란 말이 실감나는 진풍경이었다.

낚싯대를 던짐과 동시에 진동이 오듯이 학꽁치들이 달려들어 잡는 데는 몇 초도 안 걸리는 신기한 경험이 계속 되었다. 오히려 잡은 물고기를 빼고, 미끼를 다시 끼우고 하는 시간이 30초면, 학꽁치를 낚아 올리는 시간은 3초? 우와, 이걸 과연 낚시라고 해도 되는 건가. 뜰채가 있으면 한 번에 확 긁어 떠버리는 방법이 더 편하겠다는 생각을 하면서도 그 시간조차도 틈이 안 생기게 학꽁치들은 미끼를 물기 바빠 몇 시간도 채 지나지 않아 금세 어망 안이 학꽁치들로 우글우글 거렸다. 나중에는 가지고 있던 어망이 너무 작아 떡밥을 넣고 다니는 낚시 가방에 학꽁치들을 옮겨 담기에 이르렀다.

낚시꾼 아저씨들은 정신없이 잡기만 하는 우리에게 "그렇게 담아놓기만 하면 나중에 한꺼번에 다듬기 힘들어요. 지금이라도 손질하면서 잡아야지 안 그러면 집에 가서 손질하느라고 먹지도 못해!" 라고 의미심장한 말씀을 해주셨지만, 그때는 잡는데 정신이 팔려 그 말이 귀에 들어오지 않았다. 그리고 보니, 아저씨들은 전부 물고기를 잡는 사람과 손질하는 사람 두 파트로 나눠 낚시를 하고 계셨는데, 왜 그땐 눈치채지 못했을까.

우리가 잡은 학꽁치는 모두 여든여덟 마리… 내 인생에서 그렇게 물고기를 많이 잡아본 건 앞으로도 없을 것 같아 꼼꼼히 세어보면서 꿩장히 뿌듯해했다. 마음속으론 백 마리를 채우고 싶었지만, 이렇게 많이 잡은 김에 동네 친구들과 파티를 하려고 시간 약속을 잡아놓은 터였다. 부랴부랴 서둘러도 늦을 참이라 아쉬운 마음을 뒤로하고 얼른 집으로 달려왔다.

반은 구워먹고, 반은 회를 떠서 먹자는 비장한 각오로 집에 오자마자 학꽁치들을 손질하기 시작했다. 그때쯤 다행히 뿔리가 도착해 여러 가지 주방의 잡다한 일들을 도와주었다. 한참 학꽁치를 손질하는 나를 보고 뿔리는 "언니, 도대체 학꽁치가 줄지를 않아요? 이러다 씽크대 구멍 막히겠어요"라며 염려 반 농담 반을 던졌다. 아! 아까 아저씨들이 그렇게 일러주었건만, 나는 미련하게 눈앞에 물고기가 바글바글한 것에 흥분해 낚시 고수들의 말을 듣지 않고 이 고생을 하고 있구나,라는 돌이킬 수 없는 깨달음을 얻는 사이, 사람들은 시간이 되어 하나둘씩 모이기 시작했다. 그러나 이놈의 학꽁치들은 씻어도 씻어도 도무지 줄질 않아 손에 모터를 달아 손질하는데도 애가 타기만 했다. 안주가 빨리빨리 안 나오니 쌩소주만 마시고 있는 손님들을 보면서 급한 대로 남편이 회를 뜨고, 화롯대에 불을 지펴 몇 마리는 직화로 굽기 시작했다.

"언니, 나도 소주 마시고 싶은데 언제 나가요?"

네버엔딩 생선을 씻고 있는 나에게 뿔리가 털털하게 웃으며 나가지도 안 나가지도 못하며 멋쩍게 물어봤다.

"나도 마시고 싶다. 조금만 기다려, 거의 다해 가!"

박차를 가해 마지막 한 마리까지 손질하고 수챗구멍을 꽉 막은 내장들을 털어낸 다음 가시에 쓸린 엄지를 훈장삼아 구부러진 허리를 펴고 씽크대 앞에서 나올 수 있었다. 아, 백 마리를 채웠으면 어쩔 뻔했을까 가슴을 쓸어내리며, 그나마 위안이 되는 생각으로 안도의 한숨을 쉬었다.

그 날 이후로 우리는 학꽁치를 먹지 않는다. 너무 많이 잡아 죄스러운 것도 있고 그날 하루 동안 너무 많이 먹은 탓도 있을 것이다. 소문?에 따르면 그날 모인 사람들도 학꽁치를 안 먹는다는…. 우스개소리이기도 하지만, 왠지 진짜 그럴 것 같다는 분명한 느낌도 있다.

항상 무엇이든 분수에 맞게 했었어야 했는데, 뒤돌아 생각해보면 욕심에 눈이 멀어 후회막심이다. 상추들도, 귤나무도, 학꽁치도 나한테 맞는 그릇의 모양을 찾아가는 과정 중에 희생양들인 것 같아 고맙고 미안한 마음이 드는 단어들이 되었다.

다시… 시작!

남편은 한 달여를 피둥피둥하게 살이 오르게 지낸 후 깁스를 풀 수 있었다. 물론 당장 뛰어다닐 수 있는 정도는 아니었고 딱딱한 석고 깁스를 떼어낸 후 꼭 부츠처럼 생긴 반 깁스로 바꿔줘야 했다. 깁스를 완벽하게 풀 줄 알았던 남편은 약간 실망하는 눈치였지만 그래도 그 전보다 훨씬 가볍고 편해졌다며 애들처럼 좋아했다. 병원에선 아직까지는 많이 조심해야 한다고 당부에 당부를 계속 했지만, 많은 시간을 소모해 몸과 마음이 달아 있는 남편은 영혼 없이 "네!" 대답할 뿐이었다.

집에는 이미 주문해놓은 어마어마한 양의 석고보드와 다루끼들이 와 있었고, 남편의 아픈 발을 제외한 나머지들은 언제든지 렛츠고 상태였다.

"자~! 다시 화이팅 해보자~!"

오랜만에 일하려는 남편의 얼굴은 은총을 받은 양 빛나 보였다. 에~ 휴 평생 얌전히 앉아서 일하는 팔자는 아닌가 보다. 자기 좋은 거 하고 살면 장땡이지 뭐, 하는 생각도 들어 말릴 수도 없었다. 그냥 "조심해~ 조심하자!" 라는 말만 반복했다.

앞으로 우리가 해야 할 일은 내장을 끝내는 일이다. 손님방과 진짜 우리가 살 우리집의 석고보드 작업을 최대한 빨리 끝내는 일!

일이 힘들거나 어렵진 않았다. 다만, 잔손이 많이 가는 일이라 마음만큼 진도가 잘 안 나갔다. 그 중에서도 우리가 사는 집의 구조는 복층이라 천장에 석고보드를 붙일 때는 PT아시바를 3단으로 놓고 작업을 해도 워낙 층고가 높아 쫄깃거리는 심장이 진정이 안 되어 라마즈 호흡법? 이라도 해야 할 것 같은 상황이 연출되기도 했다.

이런 일도 있었다. 우리가 가지고 있던 422타카가 좀 오래된 버전이라 안전장치가 없는 구제품이었는데, 나도 모르게 자꾸 안전장치가 없는 걸 잊어먹고 아무데나 빵! 빵! 쏘는 실수를 연발했다. 조심해야지 하면서도 한번은 이것 때문에 일이 나도 나겠지 했다. 열심히 석고보드에 타카를 쏜다는 게 나도 모르게 또, 조준도 안 했는데, 이놈의 무서운 습관이… 손가락이 먼저 눌려 빵! 하고 소리가 크게 남과 동시에 갑자기 내 코에 누가 솜을 틀어막은 것 마냥 숨쉬기가 이상해지면서 뭔가 기분이, 아니 정확히 뭔가 내 코에 뭔 일이 일어났구나, 라는 확실한 예감에 겁이 나 울음이 터져나왔다.

"아! 이상해! 여보! 내 코! 코! 코! 콧구멍! 콧구멍이 이상해!!"

나는 정말 미친 듯이 소리쳤고 내 울음소리에 놀란 남편은 내 얼굴을 보자마자 경악하며, "어떡해! 어떡해! 당신 코! 코!"라는 말만 되풀이했다. 도대체 뭔 일인지 정확히

타카심이 코에 박히던 날… 아무것도 모르고 좋아하는 내 모습, 어리석구나

알아야 할 것 같아 휴대폰을 꺼내 내 얼굴을 보려는데 "안 돼! 보지 마! 보지 마! 절대 보지 마!"라는 남편의 말에 더 궁금해져 울다가 말고 얼른 휴대폰을 카메라로 돌려 얼굴을 보고는 웃음이 터져버렸다.

타카심은 정확히 내 오른쪽 콧구멍과 코 비퀴 시이를 겨냥해 들어가 있었다. 조금만 옆으로 맞

앉으면 정확히 오른쪽 콧구멍 안으로 들어가 아마도 크게 다쳤을, 아니 조금만 위로 맞았어도 눈을 다쳐 돌이킬 수 없는 아찔한 상황이 연출될 수도 있었다. 놀란 가슴을 쓸어내리며 살에 살짝 박힌 타카심을 눈물 찔끔 흘리며 빼내고는 남편의 폭풍 잔소리를 들어야 했다.

"그러게 조심해야지! 왜! 자꾸 그걸 눌러서! 눈이나 다른데 크게 다쳤으면 어쩔 뻔했어! 아! 정말! 상상하기도 싫어! 왜 그래! 진짜! 아!!!! 내 엉덩이!!!"

빵! 하는 소리와 함께 갑자기 남편이 엉덩이를 부여잡고 비명을 질러댔다. 나 대신 타카를 치워준다는 게 자기가 잘못 눌러 정확히 오른쪽 엉덩이 밑 부분에 타카심이 박혀 들어갔다. 나는 살갗에 살짝 스치듯 박힌 거라 그리 아프진 않았지만, 남편은 정확히 박혀 들어가 꽤나 아팠을 거다. 인정사정없이 타카심을 힘주어 뺀 후 나도 남편에게 폭풍 잔소리를 하기 시작했다.

"그러게 조심해야지! 엉덩이에 안 박히고 조금만 빗나가서 똥구멍에 박혔으면 어쩔 뻔 했어! 왜 그래! 진짜!"

남편과 나는 동시에 눈이 마주치면서 웃음이 터지고 말았다.

오늘 하루 조상님과 하느님이 보우하사 요것만 다친 것을 서로서로 감사하며 파상풍 주사 하나로 때울 수 있게 해주셔서 정말정말 고맙습니다… 생각하기도 싫은 그런 일이 일어나지 않게 해주셔서 다시 한 번 감사합니다….

우리의 내장 작업이 다 끝날 때까지 남편 엉덩이에 멍 자국과 내 오른

쪽 코 바퀴에 스크래치는 없어지지 않았지만, 그때 생각해도 지금 생각해도 나중에 생각해도 가슴 쓸어내리게 감사하고 또 감사한 일로 기억된다.

그렇게 핸디코트 작업까지 마치고 갑자기 한 달만에 3키로가 혹 줄었다. 무거운 서포터나 아시바를 나를 때는 찌기만 하더니 사포질하는 게 힘들었는지 팔뚝에 지방이 하나도 없이 쫀쫀해진 느낌이 들었다. 그 후로 살 뺀다고 하는 친구들한텐 우리 집에 와서 핸디작업하면 한 달에 3키로는 책임져주겠다고 떵떵거리기도 했었다. 물론 지금은 집 나갔던 팔뚝 살이 다시 컴백해 있지만, 그때는 철근 작업 다음으로 지긋지긋하게 힘들었던 작업이 바로 석고보드 작업이었다. 우리의 내장 작업은 그렇게 한 달여를 꽉 채운 후 끝났고, 날은 서서히 풀려 봄이 완연해지고 내 마음, 아니 우리… 마음은… 급하기만 했다.

결정

그날도 어김없이 열심히 남편과 티격태격하며 석고보드를 자르고 붙이고를 반복하는, 그저 그런 날 중에도 아주 지루한 날이었다.

며칠 전부터 일, 봄(우리보다 먼저 서울에서 내려온 커플로, 종종 만나 수다도 떨고 친하게 지내는 친구들이다. 커플 둘 다 이름이 외자라 우리는 일, 봄 네 라고 붙여 부른다) 이 저녁을 같이 먹자고 해, 다른 에너지로 좀 환기시키고

자 지루한 오늘 일을 얼른 마무리했다. 샤워를 마치고 옷을 갈아입는데 남편이 한참 옷을 고르지 못하고 옷 박스(옷을 정리할 데가 없어 귤 박스에 담아두곤 했다) 앞에서 세상진지한 고민을 하고 있길래, 물었다.

"뭐해?"

"아니, 그래도 시에 나가서 먹는다고 하니까 좀 잘 입고 가야 할 것 같아서…"

"뭐야, 진짜 시골 아저씨처럼. 어차피 옷도 몇 벌 없고만, 그냥 아무 바지나 입어!"

남편은 그러고도 잠깐을 더 고민하더니, 밝은 색 면바지 하나를 꺼내 입고는 육지에서 입던 거라며 오랜만에 새 옷을 입은 양 발그레 좋아했다.

생각해 보니 일 끝나고 한 잔씩 할 때는 주로 집에서 먹거나 근처 식당에서 맨날 중복되는 메뉴를 먹었던 터라 한 시간 거리인 제주시까지 나가 술을 먹었던 적은 없었다. 옷을 다 차려 입고 돌아선 남편을 보니 버젓이 바지 지퍼를 열어놓고 문 밖을 나서려고 해 왜 그러냐며 타박을 했다. 흠칫 놀란 남편은 일 하면서부턴 매일 고무줄 바지만 입어 지퍼 있는 바지는 너무 오랜만이라 까먹었다며 어이없는 실수에 웃음을 참지 못했다. 아… 그러고 보니, 남편이 면바지를 입은 모습이 정말 오래간만이구나.

그렇게 일, 봄 네와 만나 맛있는 저녁을 먹으며, 요즘 일하는 얘기와 그 친구들이 하고 싶은 일들을 같이 얘기하면서 자연스레 우리집 애

기로 포커스가 맞춰졌다.

"언니, 처음에 계획했던 대로 게스트하우스랑 카페로 계속 가는 거예요?"

"지금은 카페에 대한 생각은 접고 있는 중이야. 여기서 계속 일하다 보니까 제주까지 와서 하루 종일 어느 공간에 매이고 싶지 않다는 생각이 들어서 그래서 아직 그 공간은 미정이야."

"언니, 오빠… 혹시 펜션 할 생각은 없어요?"

"…."

"저희도 알다시피 나중엔 숙박업을 할 생각이라 자료도 많이 보고, 매체에서 다루고 있는 제주도 펜션에 관한 리뷰들은 다 한번씩 봤거든요. 이것저것 알아보니까 앞으론 독채 펜션이 성행할 거라고 하더라구요. 아무래도 요즘 사람들이 자신만의 공간을 프라이빗하게 즐길 수 있는 여행을 선호하는 것 같아요. 그래서 여러 사람이 함께 쓰는 게스트하우스도 요즘엔 2인실, 1인실 등으로 룸 타입이 많이 바뀌고 있고, 전문가들도 소비자들이 계속 그런 쪽으로 선호할 거라고 얘기하더라구요. 언니, 오빠도 이렇게 고생해서 집을 짓는데, 이왕이면 지금의 흐름을 타는 것도 중요할 것 같아요."

사실, 그때 봄이 얘기는 나와 남편의 머리를 땅~ 울리게끔 정신이 번뜩 나게 했다. 여러 가지를 일목요연하게 따져가며, 게스트하우스를 했을 때와 펜션을 했을 때의 수입비교와 숙박업의 생리를 누구보다 잘 비교하면서 하나부터 열까지 세세히 설명해주었다.

그때 일, 봄 네는 아시는 분의 부탁으로 새로 시작하는 펜션을, 직접 디자인 컨셉을 잡고 소품 하나하나부터 액자, 조명, 침구, 식물, 가구 컨택 및 세팅 등 소소한 인테리어는 물론 전반적인 흐름을 관리했는데, 시작하고 1년도 안 되어, 소위 말해 꽤 잘 나가는 펜션으로 만들어 놓았다. 그래서인지 그 친구들의 말이 더욱 신빙성 있게 들렸고, 한편으론 부끄러운 생각도 들었다. 우리는 너무 아무런 사전 조사 없이 누가 이거 하니까 나도 이거 할래, 했구나.

다시 한 번 맨 처음으로 돌아가서 생각해보자. 우린 도대체 게스트하우스를 왜 한다고 했지? 우리 성격에 과연 잘할 수 있을까? 잘 나가는 게스트하우스 사장님들도 저녁에 바비큐 파티 해주기 지겨워 문 닫고 올라간다는 우스개 얘기가 있던데… 만약 바비큐파티가 없는 게스트하우스를 한다고 하면, 매일 그 많은 사람들을 일대일로 상대하며, 우리가 잘 받아줄 수 있을까? 우리가 그런 성격이 될까? 나름 내성적인? 우리 부부라 낯선 사람들에겐 곁을 안 주는 편인데, 오 마이 갓! 갑자기 도대체 뭐가 어떻게 돼버린 거지?

술을 마시는 내내 분명 술을 먹고 있는데 정신은 또렷해지는 알 수 없는 시간이 지나가면서 점점 우리가 절대적으로 간과하고 지나간 부분들에 대해 생각하고 또 생각해야 했다. 나보다 두뇌회전이 훨씬 빠른 남편은 이미 계산 끝난 눈치였고, 난 뭐랄까 분명 또 다른 좋은 선택일수 있고, 여러 가지 것들이 이전보다 훨씬 나을 수 있다는 건 알지만, 이것만 보고 계속 달려왔는데 갑자기 우회해서 다른 곳으로 갈려고 하니 조금 서운한? 그때의 내 마음을 대변할 적절한 단어인지는 모르겠지만 서운한, 아쉬운, 그러면서 다행인 복잡 미묘한 마음이 들었다. 어쩌면, 남편과 나는 제주에 미쳐서 어떻게든 내려오려고 갖다 붙인 결론이 숙박업이었으며, 그나마 여러 가지로 돈을 조금 적게? 들이고 할 수 있는 방법으로 게스트하우스를 생각했던 것 같다. 우리의 성향이나 성격은 무시한 채 남들이 다 하니까 우리도 할 수 있겠지,라는 나 편한 대로의 억지 결론을 내려놓고 우리가 '우리'에 대해서는 간과해버린 것이다. (시간이 많이 지난 지금도 육지에서 오신 이주민들이 펜션사업을 많이 선택하는 편이다. 하지만 조금 더 신중하게 판단하고 결정을 내리시길 부탁드린다. 우리가 펜션업을 해서 무조건 반대하는 건 절!대! 아니고, 실제로 우후죽순으로 늘어나고 있는 숙박업에 난항을 겪고 계시는 분들이 많기 때문이다)

"여보, 우리가 게스트하우스를 안 하고 펜션으로 바꾼다면, 아니 정확히 우리가 펜션을 안 하고 게스트하우스를 한다고 해서 공사비가 지금 절약이 된 거야?"

"뭐, 그런 것도 아니야. 생각보다 이래저래 평수도 커져서 돈이 오버된 것도 있고, 앞으로 들어갈 돈이, 예를 들면 인테리어 비용이 좀 차이가 나겠지. 펜션으로 바꾼다고 하면 아무래도 좀 더 좋은 걸 넣어줘야겠지. 가전제품도 그렇고, 하다 못해 식기들도 그렇고, 근데 그래봤자 오백이냐 천이냐 차이일 거야. 그런데 나중에 오픈을 해서 수익률을 따진다면, 지금 천을 투자하는 게 맞는 거지."

"제 생각에도 그게 맞는 것 같아요. 언니… 언니도 그렇고 오빠도 그렇고 두 분 다 분명 특색이 있으니까 그 부분을 잘 살려서 인테리어로 접목시키고, 어디 펜션에도 없는 것들을 만들어내면 그 기호에 맞는 소비자들은 분명 찾게 되어 있어요. 오빠가 목공이든 용접이든 다 하실 줄 아니까 테이블이든 침대든 언니가 디자인하는 대로 다 가능하시잖아요. 얼마나 좋아요~. 감추려고 해도 전공이 그러면 어디서든 다 티가 난다니까요. 획일적인 디자인의 그런 펜션들처럼 말고 언니 오빠만의 펜션 컨셉을 지금이라도 생각해봐요. 할 수 있어요, 언니. 잘될 거예요. 요즘 게스트하우스들이 1인실이나 2인실을 다시 만들려고 공사하는 데도 많아요. 제가 보기에도 언니네 입지 조건은 게스트하우스 보단 펜션 쪽이 맞는 것 같아요."

그때의 봄이 말이 굉장히 위로가 됐다. 아니 사실, 그 이후로도 그 친구의 말이 위로가 되고 격려가 될 때가 많았다. 같은 업에 선배로서 공사 마지막에 정신없을 땐 항상 명민하게 해결책을 내놓는 봄에게 많은 것들을 물어보고 답을 얻고를 반복하며, 남편하고 가끔 그때 일, 봄이 없었으면 어쩔 뻔했을까,라는 말을 종종 하곤 한다.

생각해보면, 그 친구들 입장에서도 한 우물만 열심히 파고 있는 우리에게 섣불리 업종을 바꿔보라고 말하기는 쉬운 일이 아니었을 것이다. 잘못하면 서로 오해하는 부분이 생길 수도 있고, 듣는 사람이 준비가 안 되어 있었다면, 혹은 조언해주는 사람이 성의가 없었다면, 그날의 진심어린 말들이 지금에 와서 어떤 결과로 바뀌어 있을지….

우리의 술자리는 그렇게 잘될 거야, 잘될 거예요, 잘할 거야,를 반복하면서 끝이 났고, 우리 둘 다 평소보다 많이 마신 술에도 신기하게 정신이 멀쩡해 아침 일찍 눈을 떠, 어제의 그 고민에 연장선을 타고 있었다.

일은 손에 잡히지 않고 노트북을 켜놓고, 있는 대로 여기저기 게스트하우스들을 다 뒤져 들어가 보기 시작했다.

봄이 말대로 1인실 혹은 2인실, 많아야 3인실을 겸비한 새로 생긴 게스트하우스들이 많아졌고, 함께 쓰는 도미토리도 가격을 올려 받는 곳이 많았다. 그걸 보고 있는 내 마음은 정말 아, 다들 소리 없는 전쟁이구나… 우린, 정말 일만 한다고 너무 아무것도 안 보고 살았구나. 눈을 가리고 귀를 막고 살았구나… 정작 중요한 건 정보력인데, 갑자기 후회가 마구마구 밀려왔다. 그렇다면 펜션 차례, 유명하다는 독채 펜션부터 인기 있는 펜션들까지 싹 다 뒤져 인테리어부터 요금까지 찾아보면서 갑자기 술이 올라오는 것처럼 정신이 없었고, 어마어마하게 많은 펜션들이 새로 생겨나고 있다는 걸 알게 된 순간 눈앞이 깜깜해지며 어제의 화이팅은 온데간데 없어지고 말았다.

"여보, 우리 지금 어떤 것부터 다시 생각해야 하는 거지?"

"일단 방 구조를 다시 생각해야 할 것 같고 그 다음은 인테리어겠지. 저 큰방을 어쩐다? 그냥 가족 룸으로 만들어야 하나? 방도 2개고 화장실도 2개인데. 공간을 반으로 쪼갤 수도 없고… 게스트하우스 한다고 화장실을 두 개로 만들어놨는데, 사람들이 좀 이상하게 생각하면 어떡하지? 똑같은 화장실이 두 개나 있으니 좀 웃기긴 하지?"

"그러게. 화장실 하나를 막아버릴까? 막으면 거길 뭘로 쓰지? 딱히 쓸 것도 없고, 아 머리 아프다."

"그럼, 카페동 건물은 어쩌지. 거긴 간단하게 손만 씻고 변기만 놓는다고 만든 거라 화장실이 작은데, 샤워할 공간이나 나오는지 모르겠다."

처음엔 게스트하우스에서 펜션으로 바뀔 때의 수익률에 놀라 잠깐 심쿵했지만, 그것도 사람들이 우리집을 찾아와준다는 조건하에, 아주 많이 찾아와준다는 조건하에 일어나는 기적 같은 일들인 것이다. 제대로 된 돈을 받으려면 제대로 된 공간을 제공해줘야 하는데, 오전 내내 그 제대로 된 공간을 다시 구성하느라 집안에서 나올 수가 없었다. 골머리만 끙끙 앓던 나를 끌고 남편은 내부를 다시 한 번 보자며, 줄자를 들고 제일 큰 메인 동으로 발걸음을 옮겼다.

"자! 이 방엔 이렇게 침대를 놓자! 그럼 어느 정도 공간을 잘 쓸 수 있을 거야. 침대는 수입 침대처럼 좀 높게 만들어주고, 테이블은 최대한 길게 여러 명이 한 번에 앉을 수 있게 만드는 거야. 가족들이 와도 되고, 젊은 친구들이 와서 파티를 할 수 있게 해도 되고. 이 룸이 좀 커서 복병이긴 한데, 반대로 생각하면 인원수가 많아서 호텔도 펜션도 애매하게 안 맞는 손님들한텐 괜찮을 수 있다고 봐. 두 가족이 한 번에 와도 되고, 이 메인 룸을 좀 고급지게 만들어보자."

남편의 그 말에 내 머리는 바쁘게 돌아가고 있었다. 그럼, 기존에 생략했던 간단한 씽크 구조에서 좀 더 길이감을 줘 주방의 동선을 편하게 만들어주고 요즘 유행하는 패턴으로 상부 장은 빼고 갤러리처럼 액자들을 응용해보자. 또… 머리 아팠던 일들이 하나씩 풀려나가는 것처럼 그림이 그려지기 시작했다. 그러면서 마음속으론 그래, 지금 이 결정을 내린 건 아주 잘한 거고, 지금 돈이 드는 건 생각하지 말고, 나중에 벌어들일 돈을 생각해 제대로 하자!

물론, 우리는 지금 돈이 바닥을 보이고 있다. 매번 공사하면서 더 좋은 재료를 쓰고 싶어도 돈이 타협해주는 대로 쓰게 됐었는데, 지금부터 들어가는 것들은 손님들 눈에 보이는 것들이니 어쩔 수 없이 쌩돈을 지출해야 하는 상황이다. 하지만 신기하게도 매번 돈 걱정을 하고 있을 때면 문자가 한 통 띠리링~ 와준다.

'고객님~ ○○보험입니다. 고객님 앞으로 ○○○까지 대출 가능하십니다.'

아! 죽으라는 법은 없구나. 내가 내 보험에서 내 돈 빼 쓴다는데 도대체 이자를 왜 내는지 모르겠지만, 어쨌든 그것도 고마운 마음으로 감사히 쓰게 되는 마음이다. 우리는 그렇게 하룻밤 사이에 모든 계획이 변경되면서 프라이빗 펜션으로 탈바꿈될 준비를 하고 있었다.

#페인팅

지금까지 남편 지도하에 이끌려 일을 했다면 페인팅만은 내가 제일 잘할 수 있을 것 같다는 자신감에 괜히 마음이 신나 부풀어 있었다. 무엇보다 삭막한 공간에 색을 입히면서 얼마나 달라질까? 얼마나 깨끗해질까? 벽면은 페인팅이 마지막이니 뭔가 뿌듯할 것 같기도 하고, 아쉬울 것 같기도 하고, 이런 여러 가지 기대심리로 꽉꽉 찬 페인팅 작업이 드디어 시작이다.

집 짓기 전부터 인터넷을 쥐잡듯 뒤져 여러 인테리어 디자인의 이미지들을 휴대폰이 버거울 정도로 모아놨었다. 스웨덴 인테리어, 덴마크 인테리어, 노르웨이 인테리어, 뉴욕 인테리어… 도대체 한 군데도 발고락도 못 닿아본 나라들이지만 인테리어 만큼은 그 나라 사람들보다 더 잘 알고 있을 만큼 밤마다 쳐다보고 눈으로 익혔다. 그런데 막상 우리집에 응용한다니 쓸 만한 게 없는 것 같아 고민에 고민을 더 하고 있었다.

그 날은 페인트를 사러 제주시에 나가는 길이었다. 차 안에서 멀미가 나게 휴대폰 이미지들을 쳐다보고 또 쳐다보고… 그 전날에도 잠이 들 때까지 쳐다보고 있었는데, 결국 갈대와 같은 이 내 마음은 또 결정장애가 찾아와 부들부들 떨며 못 정하고 있었다.

"아, 정말 머리 아프다. 그냥 하얀색으로 확 다 발라버릴까?"

"싫어! 너무 하얀색은 병원 같단 말이야."

"아, 어쩌지… 저번처럼 또 갑자기 해태 눈이 돼서 말도 안 되는 실수를 하면 안 되는데."

"맞아. 우리 그때 정말 왜 그랬을까?"

사건은 건물에서 아시바를 떼기 직전 건물외관에 페인팅을 할 때 발생했다. 그때도 꼭 지금과 같은 데자뷰처럼 건물을 무슨 색으로 칠할지 고민을 하면서 페인트를 사러 나가는 길이었다. 나는 분명 자신감 있게 한 번에 딱! 고를 수 있을 거라고 생각했는데 막상 아저씨가 주신 어마어마한 양의 색 단계표를 본 순간 손은 떨리고 눈동자는 흔들리고 마음은 요동쳤다. 남편의 얼굴을 보니 남편도 당황스러워하긴 매한가지였다.

우리는 어려운 구약성서의 한 대목이라도 읽는 듯 미동도 없이 계속 색상표를 바라보기만 했고, 우리 뒤에 손님들이 길게 줄을 서 있는지도 모른 채 꼼짝도 안 하고 있었다. 결국 사장님의 잠시 옆으로 비켜 달라는 뒤늦은 제스처를 눈치채고 계산대 옆에서 저 멀리 비켜나 다시 한 번 남편과 색상표 홀릭에 빠져들었다. 일단 난 손가락으로 이 색 저 색을 찔러보며, 남편에게 물어봤다.

"이 색은 어때?"

"싫어."

"이 색은?"

"난 개인적으로 파란색 계열은 싫어."

"당신 개인적인 색 취향을 물어보는 게 아니라 우리집에 어울리는 색을 정하라고!"

"몰라! 나한테 물어보지 마! 대답하면 마음에 안 든다고 뭐라 하고, 대답 안 하면 안 한다고 뭐라 하고… 어차피 내가 고른 색보단 당신 좋은 색깔로 할 거잖아!"

… 남편의 말도 뜨끔한 부분이 있어 잠시 마음을 진정시키고, 여기서 밤을 샐 수는 없으니, 고민했던 색 중에서도 추리고 추려 다시 남편과 조율에 들어갔다.

서로 싫은 색들은 빼고 몇 가지를 놓고 고민하다 갑자기 우리가 고른 색이 너무 평범한가 싶어, 다시 엉뚱한 색이 눈에 들어오기 시작했다. 그러면서 자꾸 자기합리화를 하듯 '그래! 이런 색깔의 집을 미국영화에서 본 것 같아. 괜찮았던 것 같아. 고전적이기도 하고 특이할 것 같기도 해'라며 나도 모르게 그럴 듯한 이유를 늘어놓았고, 남편도 내 말에 동의하는 듯해 얼른 사장님께 그 색을 주문했다. 사장님께선 조색을 하면 100프로 똑같이는 안 나온다며 우리한테 동의를 구했고, 나는 쿨한 척 괜찮다고 말씀드렸다.

그렇게 주문을 해놓고 뒤돌아서서 1분이나 지났을까… 남편과 나는 동시에 흔들리는 동공으로 마주 봤고, 갑자기 뭔가 실수했다는 대박 조짐을 지울 수가 없어 얼른 사장님을 쫓아갔지만, 이미 사장님은 페인트를 조색하는 기계에 넣고 다른 일을 보고 계셨다.

우리가 고른 색은 올리브그린보단 어둡고, 샙 그린(sap green, 암녹색)보단 밝지만 좀 탁한? 그래… 탁한 똥색을 왜 골랐을까? 아니, 무슨 국방부도 아니고 가득 풀이 우거진 동네에서 보호색도 아니고, 어떤 이유에서 말도 안 되는 이상한 색을 골라놓고 60초도 안 돼서 후회할 색을… 아… 바보, 멍청이, 머저리….

남편과 나는 이미 조색이 완료돼서 기다리고 있는 페인트를 바라보며… 그것도 두 말이나 되는 페인트를 바라보며 벙어리가 된 양 아무말도 할 수가 없었다.

"그냥… 우리 그깟 10만원 버렸다고 생각하자."

집으로 돌아오는 차 안에서 나는 남편에게 먹먹한 마음으로 말했고, 남편 역시 아무 부정 없이 그러자고 착잡한 듯 대답했다.

우리가 그날 더욱 우울하고 착잡했던 건 10만원이 아까워서도 아니고, 색이야 다시 가서 고르고 사면 되지만, 뭔가 그래도 둘 다 미술대학을 나와 그런 쪽으론 누구보다도 잘 컨택할 수 있다는 자신감이 있었는데, 꼭 내 전공에 스크래치 난 것처럼 마음이 쪼그라들었다. 지나가다 미운 집들을 보면, 왜 저런 색을 칠했을까? 나라면 저런 색은 안칠해, 진짜 별로다, 등등 나와 아무 상관없는 집들을 도마 위에 올려놓고 이렇게 저렇게 요리했었는데, 아 이놈의 세치 혀. 후회막심이다. 결국 잘난 거 하나 없는 나였구나.

현장에 돌아와 놀러와 있는 찌구 뿔리에게 우리가 고른 색을 보여주었고, 역시 그 친구들의 미간이 사정없이 여덟 팔자로 내려앉는 모습을 보면서 그냥 당장 바꾸러 가자고 마음먹었었다. 그렇게 우리집 외관 페인팅 컬러 선택은 그 친구들의 도움으로 나의 선택장애를 비껴갈 수 있었다.

그로부터 두 번째 컬러 선택. 다시 한 번 더 많은 색을 골라야 하는 순간이 찾아와 이번엔 기필코 그때와 같은 실수는 안 하겠다는 다짐으로 마음을 단단히 먹고 그때의 그 요망한 색상표와 마주했다.

"여보! 우리 정신 똑바로 차려야 해! 알았지!"

"응!"

그 많은 색 중에 절대 내가 생각했던 색들 외에는 아예 펴보지도 않기로 하고 무조건 처음에 생각했던 계열만 집중해서 보기!

우리가 처음부터 잡았던 컨셉은 모던 스타일링이었다. 요즘 워낙 다양한 인테리어들이 많이 있지만, 나라는 여자는 홈스타일링에 있어서 좀 쉽게 질리는 타입이라 처음부터 강한 색이나 화려한 포인트가 되는 색은 배제했다.

마음 같아선 우리 집이 조적조가 아니고 공구리 벽이면 그 시멘트 벽을 그대로 노출로 가고 싶었지만, 사정상 그건 처음부터 안 되는 일이니 무채색 계열에서 벽마다 톤 차이만 주기로 결정하고 그레이 톤을 3단계 정도로 나누어 선택했다.

사실 색상표에서도 여러 가지의 컬러감이 들어간 그레이들이 많아 살짝 곁눈을 주기도 했지만, 다시 한 번 그때의 실수를 상기하며 마음을 다 잡고 원래의 색에만 집중하고 고민했다.

그렇게 두 번째 페인팅 컬러를 무사히 선택할 수 있었고, 색을 칠하는 내내 안도의 한숨을 쉬며 완성되어 가는 벽면에 뿌듯해했다. 벽면마다 어떤 장식이 어울릴지, 어떤 소품이 어울릴지를 상상하는 즐거움으로 롤러와 붓질을 신나게 해댔다. 매일을 손목이 떨어지게 무거운 걸 들거나 높은 곳에 올라가 곡예하듯 일을 했었는데, 이런 페인팅 정도의 일은 우아한 춤사위에 가까워 힘든 줄도 모르고 했던 것 같다. 무엇보다 우리집이 바뀌고 있다는 것, 예뻐지고 있다는 것, 깨끗해지고 있다는 것에 하루하루가 새로운 기분으로 신나는 일이었다.

매일매일이 지금과 같으면 좋겠다…고 생각했었다.

006

준공을 향한 몸부림

#다시 도움을 청하다

우리는 여러모로 많이 지쳐 있었다. 봄에 오픈할 거라고 계획했던 일은 여름이 되고, 다시 가을이 되고… 아니 이러다 올해 안에 오픈은 할 수 있을까? 하는 불안감으로 어깨가 무겁게 일을 할 때였다. 친구들과 지인들도 도대체 오픈은 언제 하냐고 물어보기 일쑤였고, 나 역시 그날이 언제인지 궁금해 하늘만 멍하니 바라보는 일이 많아지고 있었다.

하루는 남편이 남은 한 달 정도를 찌꾸, 뽈리와 다시 같이 일을 해보는 건 어떨까 물어왔다.

"한 달? 한 달이면 일이 다 끝나고 준공 받을 수 있나?"

"받도록 해봐야지. 한 달이 넘어가면 인건비를 또 그만큼 지불해야 하는데, 우리는 돈이 없으니 한 달 안에 모든 준비가 끝나게끔. 일단 준공을 받아야 대출을 받을 수 있고 인테리어에 필요한 물건들도 살 수 있으니 무조건 일을 빨리 끝내는 게 중요할 것 같아. 당신이랑 나랑 지금 많이 지쳐서 여러 가지로 속도도 안 나고 힘들어하는 게 눈에 보이니까 그 친구들이 괜찮다고 하면 한번 부탁해보자."

그 친구들은 우리의 부탁을 흔쾌히 받아주었고, 많이 지쳐 있던 우리는 다시 한 번 기운을 내 정신 바짝 차리고 마무리 작업을 하기로 계획을 세웠다.

우리가 지금 해야 할 것들…. 각 방문 부착, 2층 난방필름 시공, 강화마루 작업, 2층 계단 용접 작업, 씽크대, 조경, 우리 집 이사 등등 해야 할 것들을 나열하니 머리가 어질어질해졌다. 정말 집을 짓는다는 건 어마어마한 일이구나. 다시 한 번 뼈마디가 쑤시게 느끼며, 조금만 참자! 이제 거의 다 해간다, 조금만 참자! 를 수십 번도 더 곱씹었다.

누군가 나에게 "여자가 그런 일을 어떻게 했어요?"라고 물어보면 나는 항상 웃으면서 "저 죽으면 몸에서 사리나올걸요"라고 농담으로 얘기하곤 했었는데, 그땐 정말 내가 할 수 있는 유일한 건강 챙기기는 마인드 컨트롤이었다.

지금 아니어도 나중엔 될 거야, 오늘 못 하면 내일은 되겠지, 이렇게 못 하면 저렇게 바꾸면 되겠지, 거의 다 했다 거의 다 왔다, 혼자서 몇 번이고 내 앞에 벽이 생길 때마다 다짐했다. 자기 전에 한숨 나올 때도 생각하고, 남편하고 싸울 때도 떠올리며 억지 긍정을 심어주곤 했다.

우리는 2015년 7월의 무더운 여름, 준공만을 바라보며 예민하게 날이

타일 붙이기와 귤 따기는 공통점이 많다.
무한 반복, 무념무상,
백팔번뇌, 은근욕심, 등등등

서있는 신경을 억누르고 소중한 친구들과 한발 한발 앞으로 나가, 제주에서의 집 짓기 마무리를 향해 가고 있었다.

바쁠수록…

바쁠수록 돌아가라는 말이 있다.

난 도저히 못 돌아가겠는데, 돌아가긴 커녕 지름길도 마음에 안들 판인데, 난 왜 이렇게 사고만 치는지….

외부 난간 작업을 할 때의 일이다. 남자들이 열심히 난간 용접에 들어가면, 부지런히 녹 방지를 위해 광명단을 발라주고, 평철에 에나멜 블랙을 칠해주는 작업이었다. 눈이 부시게 더운 여름날, 잘 달궈진 뜨끈뜨끈한 옥상에 모여 각자의 위치에서 열심히들 일을 해주고 있었다.

마음 급한 롤러질은 옥상 바닥에 뚝뚝뚝 흔적을 남겼지만, 아무도 안 보는 위치이니 상관없다고 생각하며 혼자 쿨한 척 바쁘게 움직였다.

그날따라 날씨는 유달리 더웠고, 또 유달리 바람이 강하게 불어 뭔가 시작부터 불안한 마음이 있었지만, 그것보다 더 급한 내 마음이 다른 것들을 묵인했는지도 모르겠다.

정말, 한순간이었다. 잠깐 자세를 바꿔 칠한다고 트레이를 내려놓는 순간 밑에서 위로 바람이 치고 올라오면서 내 트레이를 보란 듯이 어퍼컷을 날리듯 뒤집어 놓았으며, 반짝반짝 광이 나는 블랙 에나멜은 우리 집 외관 하얀색 벽면에 잭슨 폴록의 작품 마냥 추상화를 뿌려놓았다.

뿔리와 나는 순식간엔 호흡이 멎는 것 같은 기분으로 그 장면을 멍하니 쳐다만 봤다.

아! 외마디 비명만 나올 뿐, 정말 다른 말이 나오지 않았다.

남편은 아무 말 없이 벽면을 쳐다보다가 "나중에 다시 칠하자" 라고 한 후, 자신이 하던 일에 집중했다. 다리 힘이 풀린 나는 머저리같은 나한테 너무 화가 나 가뜩이나 더워서 빨간 볼이 더 붉게 상기돼, 얼굴이 터지는 것 같은 기분이었다.

그래, 블랙이 묻은 부분은 글라인더로 갈아내고 다시 칠하면 되지, 하면서도 왜 다른 산에 가서 삽질하는 거 마냥 엉뚱한 일거리를 만들었을까,라는 나에 대한 원망으로 일하는 내내 우울했다.

블랙으로 흩뿌려진 벽을 수정하기 전까지 난, 지나다니며 그 벽을 볼 때마다 한숨이, 차 타고 들어오면서 멀리서 그 벽과 눈이 마주칠 때마다 한숨이, 연장을 가지러 창고로 갈 때마다 마주친 그 벽에 한숨이, 한숨이 마를 날이 없었다.

준공을 향해 달려갈수록 무엇인가 하루가 다르게 내 신경은 건조하게 바짝바짝 말라 날이 섰으며, 누군가를 향해 찌를 듯이 바짝 세우고 있었다.

#강화마루물폭탄테러

여느 때와 똑같이 눈에서 불꽃이 튀게 일을 할 때였다. 그날은 뿔리와 내가 한 팀이 되어서 각 룸에 강화마루를 깔아나갈 때였다.

처음엔 영… 여기가 맞으면 저기가 벌어지고 저기가 맞으면 여기가 벌어지고를 반복하다가, 그것도 몇 번 해보니 요령이 생겨 우리 꽤 손발이 잘 맞는다며 뿔리와 둘이 흡족해하고 있었다.

우리 집은 테스트 삼아 일찍부터 이미 다 끝났고, 제일 큰 룸까지 다 마친 상태로 강화마루는 이제 서서히 다 깔아가는구나 싶었다. 뭔가 일단락되는 기분이었다.

마루가 끝났다는 건 이제 1년이 넘게 방황한 내 물건들을 들여와도 된다는 허가 같은 신호였고, 무엇보다 신발을 벗고 맨발로 다녀도 되니 집이 정말 다 완성된 것 같아 괜히 좋았다.

그렇게 바쁘게 현장을 왔다갔다 반복하며 무언가 가지러 잠시 제일 큰 룸에 들러 물건을 찾고 있는데, 마루가 유난히 물엿을 바른 것처럼 윤기가 나고 반짝거리는 것 같아 신기한 마음에 앞으로 다가가 고개를 숙이고 보니, 이미 마루바닥엔 물이 한강처럼 고여 배를 띄워도 될 만큼, 아니 잠수함을 띄워도 될 만큼 물이 차 있었다. 그걸 본 순간 나는 미친년처럼 남편을 소리쳐 불렀고, 주위에 보이는 아무거나 집어들고 물을 닦아내기 시작했다. 하지만 내 마음만 애가 탈 뿐, 이미 차 있는 물은 금세라도 마루를 동동 띄울 기세였다.

"여보! 여보!"

눈물이 터질 대로 터진 나는 큰 소리로 남편을 불렀고, 놀란 남편과 친구들이 우르르 몰려왔다.

"이게 어떻게 된 거야! 어떻게 된 거냐고!"

아마도 제주도에 내려온 이후로 제일 큰 목소리로 소리쳤을지 모른다. 이미 남편의 얼굴은 사색이 되었고, 어디서 물이 새어 나오는지 방안을 첨벙첨벙 소리를 내며 이리저리 뛰어다녔고, 결국 화장실 옆 파우더 룸 수전에 온수점검을 한다고 물을 틀어놓고는 맥꾸라이로 막는다는 걸 깜빡 잊고 그냥 나온 것을 발견했다. 그 시간이 벌써 한 시간은 지났으니, 그 동안 물은 계속 흘러 방안을 하염없이 적셨고, 이렇게 찰랑찰랑… 내 마음에 눈물도 찰랑찰랑… 아니 대 놓고 눈물이 펑펑펑 쏟아지는 일이 생긴 것이다.

요 며칠 일하던 내내 꾹꾹 참으며 내면을 다스리던 나는 온데간데 없고, 그날은 그냥 터져버렸다. 차 있던 고름이 터지듯이, 한라산이 터졌으면 이렇게 터졌을까? 화가 나는 내 마음은 이미 진정할 방법이 세상 어디에도 없는 거 마냥 남편을 향해 분노하고 분노했다. 내 눈엔 찌꾸, 뿔리도 보이지 않았고, 나도 보이지 않았고 오로지 부주의해서 일을 이렇게 만든 남편이란 사람 밖에 보이지 않았다.

남편이 뭐라고 변명할수록 나는 더 화가 났고 눈물이 쏟아졌다. 이미 나는 제이기 안 되는 선까지 왔고, 그걸 느끼는 순간 일을 할 수가 없었다.

집으로 건너와 식탁에 찬물 한 컵을 올려놓고 계속 울기 시작했다. 부엌엔 가스를 설치해주시는 기사님이 와 일을 하고 계셨지만, 그 분이 나를 이상하게 보더라도 나한텐 지금 그게 중요한 일이 아니었다. 나는 그냥 계속 엄마 잃은 애처럼 소리내어 펑펑 울었다.

울면서 생각했다. 내가 왜 이렇게 울지… 왜 이렇게 눈물이 그치지 않지… 뭐가 이렇게 참을 수가 없는 거지….

그때는 계속 남편 때문이라고 생각했다. 내가 한 실수에 대해 남편이 별 말 안 하고 넘어간 것은 개미 콧구멍 만큼도 생각 안 나고, 이렇게 아슬아슬하게 중요한 나날을 보내고 있을 때 그놈의 덤벙거림 때문에 일을 그르친 남편 때문에 화가 난다고… 그럼에도 불구하고 자기 변명만 하는 남편한테 화가 난다고… 지금 와서 생각해보면 그때의 절박했던 하루하루가 나한텐 굉장히 버거웠던 것 같다.

억지로 억지로 아닌 척 힘들지 않은 척했던 것들이 내가 세상에서 제일 편한 남편의 실수에서 와르르르 무너져버린 것이다. 난 그동안, 너무 울고 싶었던 걸 참고 있었다. 아프면 아프다 하고, 울고 싶으면 편하게 울고, 좋으면 더 좋으려고 제주에 왔건만, 어느 순간 나는 감당 안 되는 일 앞에서 무조건 괜찮아, 괜찮아, 괜찮아질 거야… 하며 방어기제만 연마하고 있었다.

그날 밤 남편은 조용히 옆에 와 앉아 준공을 받은 후 그쪽에 강화마루를 다시 깔자고 얘기했고, 나도 차분히 그러자고 했다.

나는 그날 이후로 마음이 편해졌다. 뭐 많이 울어서 속이 시원해진 것도 있지만, 이상하게 한 번 엉망이 되고 나니 하나씩 놓는 마음이 생기면서, 그런 척만 했던 마음이 정말 그런 마음으로 바뀌는 희한한 감정이 들었다.

아직도 그쪽 방을 청소하다 마루를 보고 있으면 그때 그 급박했던 순간이 생생하게 떠오른다.

울면서 물을 막아보려 몸부림치던 나…

그리고,

13보름의 house keeper 된 나…

그저 웃음이 날 뿐이다.

진짜 우리 집으로 이사

최종목적지…

우리의 최종목적지… 바로 우리 집.

우리가 손수 지은 우리 집.

요 우리 집으로 들어오기 위해 얼마나 많이 여기저기 옮겨 다니며 애간장을 태웠고, 또 서로 좋기만 하려고 만난 우리는 얼마나 많이 싸웠는지.

마루만 깔려 있고 청소도 제대로 안 된, 아직은 아무것도 없는 거실에 남편과 둘이 누워 높디높은 천장을 바라보며, 얘기했다.

"저렇게 높은데 우리가 어떻게 했을까. 진짜 참 신기한 일이다."

"그르게. 둘이 천장에 석고보드 붙인 일이 어제 같은데… 기억나? 당신, 타카 잘못 눌러 코에 심 박혔던 거? 완전 깜짝 놀랐는데, 당신 어떻게 되는 줄 알고."

"아이고, 자기는 바로 엉덩이에 박아놓고선. 나는 그렇게 완벽하게 박히지는 않았었다! 그냥, 좀 살짝 걸쳐진 거지."

"되게 웃긴다. 우리는 천생연분이야. 타카심도 사이좋게 하나씩 박히고."

"근데, 좋긴 좋다."

"뭐가?"

"그냥 다…."

누가 그날 우리 대화를 엿들었다면, 저런 바보들이 어디 있나, 싶을 정도로 우리는 계속 헤프게 웃어댔고, 말도 안 되는 농담을 하며 옆구리를 부여잡고 웃기도 했다. 집이란 그런 존재인 것 같다. 날이 바짝 선 뾰족한 내 마음도 아무 말 없이 녹여주고 일에 지친 남편의 몸과 마음도 다독여주고, 간만에 이리저리 아래 위층으로 뛰어다니는 기분 좋은 이월이의 마음도 만져주는 그런 곳.

묵은 살림들을 하나씩 꺼내면서 엄청난 곰팡이와 사투를 벌이고, 하얀색이었던 냉장고는 노란색이 되어 나오고, 상자 안에 옷들은 구멍이 뿅뿅뿅 생기고, 물건의 반이 창고 안에서 쓰레기로 탈바꿈되어 나와도 남편과 나는 계속 웃고 있었다.

모두의 도움으로 우리는 무사히 우리 집으로 입성할 수 있었고, 우리는 거하게 입성 파티를 좋은 사람들과 함께할 수 있었다. 음식이 부끄러울 만큼 너무 좋은 사람들과 너무 좋은 이 시간을 보내며, 앞으로 내가 여러 가지로 힘들어질 때면 지금 이 순간을 떠올리자! 기억하자! 를 머리에 가슴에 담고 또, 담았었다.

우리 집에서 어쩌다 혼자 있을 땐 괜히 한번 테이블을 만져보고, 괜히 한번 벽을 만져보고, 괜히 한번 타일을 만져보면서, 가슴이 뭉글뭉글해졌다가 벅차서 두근두근 했다가, 갑자기 돌아가신 부모님이 생각나서 코끝이 쩡해지기도 했다.

집안 어느 구석 하나하나 남편과 내 손이 안 간 곳이 없고, 애착이 안 가는 곳이 없는 백프로 사심으로 똘똘 뭉친 우리 집….

나는 이제 우리 집에서 산다.

#13개월 15일

우리가 집을 짓기 전부터 고민하고 고민했던 부분, 바로 이름 짓기다. 우리집을 표현하는 간결하고 결정적인 한 방의 어떤 것! 한 번 들으면 잊혀지지 않는 이름, 기억하기 좋은 이름 촌스러워도 안 되고, 너무 고급스러워도 안 되고, 부를 때 발음이 불편해도 안 되고, 안 예뻐도 안 되고, 너무 길어도 안 되고, 영어라면 모르는 단어는 싫고 등등.

이런 얘길 하면 사람들은 "그냥 집이나 빨리 지어!" 라고 딱! 잘라 얘기했지만, '이름'은 우리가 절대적으로 고민했던 부분 중 아주 중요한 한토막이었다.

한번은 남편과 나의 지인 전부에게 공모를 한 적도 있었다. 우리 집에 어울리는 이름을 지어주면, 당첨되신 분께 소정의 상금을 쏘겠다고 했다. 모두들 나름대로 열심히 이름을 지어주었지만, 어찌나 개성들이 강하신지 들으면 헉! 소리 나는 이름을 내놔 우리를 당황하게도 했다. 서태지 빠순이인 내 동생은 무조건 노래 제목을 응용해보라며 환상속의 펜션, 너와함께한 펜션 속에서, come back 펜션 등 말도 안 되는 이름들을 잔뜩 늘어놓고는 이렇게 지으면 나중에 서태지 오빠~!가 올지도 모른다며 찐덕찐덕한 사심을 나에게 강요하기도 했다. 나도 둘째 가라면 서러운 빠순이지만, 그렇게 지으면 왠지 팬들에겐 고소당하고 서태지 오빠는 창피해할 것 같아 동생을 자제시켰다.

어머님께서 은근슬쩍 '가시고기'는 어떠냐며 넌지시 물어보셨지만, 못들은 척하고 싶은 이름이라 아무 대꾸 안 하고 있다가, 조심스레 "나이 들어 보이는 이름이라 싫어요"라고 어머니 가슴에 살짝쿵 스크래치를 내기도 했다.

남편과 내가 항상 중요하게 얘기했던 부분은 우리 둘이 직접 집을 지은 부분을 잘 살릴 수 있는 이름이길 바랐고, 그것이 시간이든 공간이든 느낌이든 노동력의 가치도 어필할 수 있는 이름이길 바랐다.

어느 날, 둘이 일을 하고 있을 때였다. 이름에 대한 얘기가 또 주제에 올랐고, 남편이 말을 건넸다.

"아, 우리 이러다 진짜 환상 속의 펜션 되는 거 아냐? 빨리 뭔가 맥락이 잡혔으면 좋겠는데."

"안 돼! 창피하게!"

"왜? 서태지 팬 많으니까 팬은 30% DC 해주고… 그 팬들만 다 와도, 의외로 대박 나는 거 아냐?"

"그만해. 난 부끄럽지 않은 팬이 될 거라고. 그러지 말고, 우리가 일한 날을 숫자로 표시해보는 건 어때? 예를 들어서 387일이라든가 아니면 시간으로 따져도 되고."

"좋은 생각이긴 한데, 막상 따져보니까 444일 이렇게 나오고, 막 기분 나쁜 숫자가 나오면 어쩌지."

"그런가?"

"개월 수로 따져도 되겠다. 중간에 쉰 날짜는 빼고 오로지 일한 달 수만 따져서. 완공이란 기준은 애매하니까 딱! 서류상 준공을 기준으로 따져서 지어보자!"

그렇게 우리집의 이름은 맥락을 잡아갔고, 우리집의 준공시일에 따라 이름이 정해지게 되어 있어서 나름 재미있고 기대되기도 했다.

2015년 8월 21일 금요일. 하늘이 청명하고 해가 부서지게 반짝거리는 날 우리는 준공허가를 받았다. 오롯이 일한 달만 따져보니 13개월 15일이었다.

13개월 15일을 두고 과연 이 단어를 그대로 쓸 것인지 아님, 좀 더 다듬을지를 고민하다 결국 발음이 좀 편한 쪽을 생각해 〈13보름〉이라는 타이틀이 만들어지게 되었다.

앞으로 펜션의 분위기를 좌지우지하는 인테리어와 기타 소품 등 오픈을 위해 할 일이 다시 눈앞에 한가득 생겼지만, '13보름'을 얻고 나서 마음은 누구보다 부자가 된 듯 든든하고 기뻤으며, 나와 남편에게 잘했다고 수고했다고 말해주고 싶었다.

13보름을 얻은 오늘!

준공을 받은 오늘!

오늘은 술 먹는 날이다!

컨셉 잡기

사람들이 비싼 돈을 지불하고 호텔에 숙박을 하는 이유는 호텔의 브랜드값일지도 모른다. 물론 그 호텔 안에 비치된 모든 컨텐츠를 다 누릴 수 있는 장점도 크겠지만, 요번 휴가를 S호텔에서 묵었다, 또는 L호텔에서 보냈다, 하는 자기만족도도 클 것이다.

지극히 개인적인 생각일 수도 있지만, 어차피 우리가 처음부터 그런 혹! 하는 브랜드를 가질 수 없는 조건이라면, 펜션에서 만큼은 뭔가 다른 만족을 주어야 하지 않을까 생각했다. 게다가 그곳이 제주라면

펜션 안팎으로 다른 재미와 만족을 줘야 소비자가 찾아올 것이었다.

우리가 생각하는 우리 집의 분위기는 뭘까? 똑같이 생긴 거대한 대단위의 펜션 단지 같은 느낌이 아닌 굉장히 시골스러운 느낌이길 원했고, 그래서 생각한 컨셉이 약간은 컨추리틱한 느낌의 외관과 실내는 오히려 반전으로 굉장히 모던한 느낌의 원포인트 정도의 심플함을 연출하고 싶었다.

제주에서의 시골스러운 외관은 돌집이나 돌담 등을 활용한 예들이 많은데, 이미 우리 집은 돌집과 거리가 멀고, 그렇다면 돌담인데…. 사실 이때쯤 자금이 부족해서 돌담을 쌓아야 되나 말아야 되나 한참을 고민하고 있었다. 마침 아시는 분 댁에 돌담을 쌓는 과정을 보며, 돌담에 따라 건물 이미지가 더 멋스럽게 바뀔 수 있다는 걸 본 후, 돈이 들어도 할 건 해야 되겠구나, 라는 결론을 내리고 얼른 석공들을 섭외해 일정을 잡고 이틀만에 작업을 완수했다.

확실히 돌담을 쌓으니 횡해 보이던 마당이 꽉 차보이고, 구획이 없던 룸들이 돌담으로 구분되면서 아기자기한 멋이 생겼다. 작게나마 돌담길이라는 소박한 길도 만들어져, 내 눈엔 오즈의 마법사의 노란 벽돌길보다 더 정감 있어 보였다. 얼마 전까지만 해도 쓰레기가 쌓여 있던 공사판이었는데 정말 환골탈태했구나, 하는 생각이 절로 들었다. 남편과 나는 역시 돈이 좋긴 좋구나, 하는 걸 또 한번 느꼈다. 그리고 돈이 생기고 날이 따뜻해지면 푸릇푸릇한 잔디를 심어야겠다고 마음먹었다.

돌담길 따라 애기동백을 쪼로록 심으며, 다음해엔 우리집에 하얀 눈이 쌓일 때 빠알간 예쁜 동백꽃이 피어주길 기대하는 마음이 풍요롭고 좋았으며, 각 룸에 정원마다 하귤을 심어 손님들이 제주의 운치 있는 풍경을 눈에 담길 바랐다.

조경이라는 걸 하면서, 투박하고 거친 그냥 돌 하나가, 맨날 밟고 다니는 무심한 흙이, 어디에나 있는 녹색의 나무들이 어떻게 놓여지고 꾸며지는가에 따라 삭막한 건물을 살릴 수도 있다는 걸 알게 되었다. 반대로, 너무 과하면 망칠 수도 있다는 걸 배우면서 조경은 굉장히 욕심나는 부분 중 하나가 되었다.

요즘 유행하는 인테리어들은 대부분 북유럽풍. 덴마크, 스웨덴, 핀란드, 노르웨이 등 주로 추운 지역에서 발달한 인테리어라, 따뜻한 느낌의 패브릭이나 나무 등을 활용하여 전체적인 분위기를 화사하고 밝게 꾸미는 것이 특징이다. 이런 인테리어가 현대적인 부분과 결합되면서 메탈이나 마블링이 있는 대리석, 기하학적인 패턴의 것들로 더욱 발전하고 있는 추세다.

하지만 무엇이든 좋다고 다 갖다 쓰면 이도저도 안 되는 법이라 과연 이 중 제주에 어울리는 것이 무엇일까를 고민했다. 우리는 룸마다 평수도 다 달라 자연스레 인원수도 다르고, 그러니 각 룸마다 타깃층도 다르게 잡아야 했다.

제일 큰 룸은 방이 두 개 화장실이 두 개이니, 4인에서 6인의 가족 또는 커플 플러스 커플을 타깃으로 잡고 스타일링을 고민했고, 독채로

떨어져 있는 룸은 2~3인을 기준으로 연인이나 아가가 있는 젊은 부부를 타깃으로, 마지막 2층 룸은 작은 공간에 딱 두 사람만 쓸 수 있는 조금은 아기자기한 느낌에 밝은 컨셉을… 원래는 게스트하우스를 생각했던 설계라 부분 부분 구조적으로 마음에 안 드는 구석이 있었지만, 오히려 잘 활용하면 더 좋은 결과물이 되지 않을까 싶어 아이디어를 쥐어짜냈다.

모던하지만 절대 차갑지 않은 느낌이면서, 심플하지만 단조롭지는 않은, 한마디로 돈 내고 와서 잘 만하네~ 라는 만족감이 들 수 있게…! 펜션의 모든 인테리어는 소품부터 액자, 식기, 침구세트 기타 등등 이 모든 것들이 남편이 내게 절대 일임한 일 중 하나였다. 워낙 이런 부분에 있어서 둘의 의견차이가 좁혀지지 않아 조그마한 물건 하나 고르는 데서도 투닥거리게 되어 남편은 '소비자가 펜션을 고를 땐 대다수 여자가 결정한다'는 결론을 들며 모든 칼자루를 나에게 쥐어주었다. 그 칼자루를 들고 벌벌 떨기도 하고, 한번 칼을 뽑아 대담히 흔들기도 하면서, 잘못하면 독박 쓸 수 있다는 책임감과 부담감이 어깨를 짓누르는 것 같아 가뜩이나 굽은 허리가 더 굽는 기분이었다.

새로 생기는 펜션들이 워낙에 예쁜지라, 우리가 살아남기 위해선 그나마 우리집 만의 특색을 갖춰야 했다. 내가 좋아하는 스타일만 고집할 수도 없고, 그러지 않을 수도 없고, 반복되는 상황들이 애매하여 벙어리 냉가슴 앓듯 끙끙거렸다. 그러면서 골조시공 때, 아니 전반적으로 전부 그랬겠지만 남편의 부담감이 정말 어마어마했었겠구나…

미안함도 들다가, 강화마루 때를 생각하면 그런 생각이 홀딱 깨기도 했다가, 다시 미안해지기를 반복하는 신경질적인 시기가 또 한번 다가오고 있었다.

의외의 난관, 인터넷 쇼핑!

난, 정말 인터넷 쇼핑을 싫어한다.

그냥 오프라인 매장에서 옷을 사라 하면 하루 종일 걸어 다니면서 누구보다 신나게 모델처럼 입었다 벗었다를 반복하며 흥이 돋지만, 인터넷 쇼핑은… 아, 생각만 해도 머리가 아파온다.

일단, 물건을 사기 위해 회원가입하는 것도 싫고, 가격이 괜찮아서 들어가면 나중에 추가요금이 더 붙는 게 괘씸하고, 막상 배송되어 왔을 때 예상과 다를까봐 의심되고, 무엇보다 제주도는 추가배송비가 더 붙는 게 싫었다. 그런데 지금부터의 일이 쇼핑과의 전쟁이라 피하려야 피할 수 없는 일이 되었다. 물론 제주에도 오프라인 매장들이 있지만, 확실히 육지보단 물건들이 다양하지 않고, 여러 가지 품목에 있어서 제한적인 부분들이 많아 어쩔 수 없이 추가배송비를 내고라도 사야 되는 품목들이 많을 수밖에 없었다.

룸이 3개니 사야 하는 물건들도 모두 3배. 도마도 3개, 커트러리도 3세트, 쟁반도 3개, 접시, 수저 세트, 커피잔 세트, 냄비, 냄비받침 등등.

지금 생각해도 어떻게 했는지 모를 만큼 히치콕 영화제목처럼 현기증이 난다. 게다가 룸 컨셉에 맞게 조금씩 다 다른 소품들….

한번은 제일 작은 룸에 긴 창가에 올려놓을 수 있는 뭔가 재미있는 인형을 하나 사고 싶어서 인터넷을 뒤지다 일본 소품을 파는 쇼핑몰에 들어가 아주 작은, 채 5센티도 안 되는 머리가 벗겨진 귀여운 아저씨 인형을 6,500원에 구입했다. 택배비 3,000원에 다시 추가배송비 3,000원. 이건 뭐 물건값이 택배값이다. 며칠 뒤 한참을 남편과 일하고 있는데 택배 아저씨가 조그마한 상자를 내려놓고 가셨다. 남편이 박스를 뜯어보곤 그 인형과 눈이 마주치자 비웃음을 참지 못하고 물었다.

"이게 뭐야? 어디다 놓을 거야? 얼마야?"

"만원." (그냥 뒤에 자리 털고 만원이라고 하고 싶었다)

내가 만원이라고 했을 때 남편의 그 어이없는 눈빛을 잊을 수 없지만, 가격을 낮춰 말한 나도 괜히 한심하게 느껴져, 그날은 일하는 내내 괜히 더 짜증을 부렸다.

이런 일들은 날이 갈수록 허다하게 많아졌다. 독채 룸에 걸려고 골라 놓은 포스터가 한 장에 5만원이 넘었던 기억… 그런데 두 장을 샀으니 가격은 껑충 뛰어 앞자리가 달라졌고, 게다가 액자는 따로 사서 끼워야 하니 액자값까지 합치면… 다들 생각하는 그 정도? 남편은 역시나 그 돌돌 말려온 포스터를 보자마자,(남편 눈에는 그냥 종이쪼가리로 보였을 것이다)

"이게 그림이야? 이게 그렇게 비싸? 당신이 더 잘 그리겠다!"

"내가 못 그려서 산 게 아니라, 요즘 유행하는 추세가 식물 액자들이니까 산 거지! 내가 괜히 돈을 쓰고 싶어서 쓰는 줄 알아?"

"아휴, 아무리 그래도 이건 초등학생도 그리겠다."

"그만 해라."

남편이 보기엔 도대체 이런 액자가 있고 없고가 펜션 선택에 뭐가 그리 중요할까,라고 생각할 수 있겠지만 내 입장에선 포크 하나 접시 하나 사소한 것 하나하나 모두가 중요한 것들이라 섣불리 아무거나 적당한 것으로 넣을 수가 없었다.

또 한번은 언제나 그렇듯 주머니속 사정과 타협하며 물건을 고르고 있었다. 추가 이불을 보는데, 디자인이나 색이 마음에 들면 가격이 헉! 소리 나게 비싸고, 가격과 맞추려니 누가 줘도 갖고 싶지 않은 디자인이다. 그래도 한편으론 맨날 쓰는 것도 아니니 그냥 적당한 것을 고르자 해서 한 채에 3만 원 정도의 오리털 이불을 구매했다. 겉보기엔 괜찮았는데, 한 번 세탁을 하고 나니 이건 겨울왕국도 아니고 이불에 있는 오리털이 죄다 비집고 나와 눈발 날리듯 거실 바닥에 돌아다니고, 이불 안에 있는 오리털들은 모두 송곳처럼 뾰족뾰족 살에 닿으면 아프게 찔러대기 바빴다.

너무 어이가 없어 얼른 판매자에게 전화를 하니 연결도 되지 않고, 판매사이트에는 나와 같은 사람들이 게시판에 올린 엄청난 항의글만 잔뜩 있었다. 결국 이불값은 날라갔고, 오리털 이불은 동네 친구들 개집바닥에 그해 겨울 유용하게 잘 깔렸다. 역시 싼 게 비지떡이구나.

그래, 후회하지 않게 제대로 된 걸 사자!

그렇게 두 달 가량 해가 떠있는 시간은 남편과 일을, 저녁부터 새벽까지는 인터넷 쇼핑을 반복하며 다이어리가 빽빽하게 뭔 글씨인줄 모르게 물건을 사야 했고, 하루에도 몇 박스씩 오는 택배를 뜯고, 물건을 제자리에 놓고, 박스는 정리해서 재활용하기를 무한반복했다.

그러던 어느 날이었다. 박스를 뜯다가 쟁반이 연달아 4개가 나왔는데, 도저히 내가 이 물건을 언제 샀고 왜 샀는지 기억이 안 나, 일하다 말고 주저앉아 울음을 터트리고 말았다.

다이어리를 뒤져보니, 분명 내가 내 손으로 적어놓은 필체가 있건만 그 물건을 산 기억이 한 조각도 안 나는 것에 너무 당황스러워 눈물이 쏟아졌다.

"당신이, 얼마 전에 쟁반 사야겠다고 나한테 얘기했잖아. 한샘 매장에 똑같은 것 없다고, 그냥 인터넷으로 산다고."

갑자기 울기 시작한 나를 보며 당황한 남편이 조용히 얘기했다. 그제서야 내가 왜 샀는지 생각이 나면서 다이어리에 기입했던 것도 기억이 나기 시작했다.

남편은 내가 안 하던 걸 너무 많이 하니 뇌 회로에 이상이 생겨 착각한 것뿐이라며 멋쩍게 위로했지만, 그때 나는 내 머릿속에서 뭔가 솔솔 빠져나가는 것 같은 이상한 기분에 갑자기 겁이 덜컥 났었다. 손을 오무려 아무리 꽉 잡고 있어도 손가락 사이로 다 빠져나가는 모래처럼 나는 과부하 상태에 있었다.

내 정신줄은 며칠이 더 지나 사진 촬영을 위해 뿔리와 함께 컨테이너를 칠할 때도 잠깐 풀리고 말았다. 에나멜 곤색을 꺼내 덜어 놓고는 잠깐 사이 아무 생각 없이 물을 시원하게 붓고는 열심히 저었더랬다. 아무리 열심히 저어도 색이 섞이지 않고 거품만 나길래 도대체 이게 왜 이러냐며 불평을 늘어놓고 있는 내게 뿔리가 조심스럽게 말했다.

"언니, 그거 에나멜 아니예요?"

"응."

"근데, 방금 물 넣었어요."

아… 난, 바보가 되어가고 있었다.

007

두근두근 첫 손님

#고맙다…장맹

약간은… 아니, 아직은 많이 미흡할 때였다.

친구가 지금이 아니면 언제 올지 모른다며 우리집으로 오기 위해 급하게 비행기 티켓을 끊었다고 했다. 아직 배송이 안 된 조명들과 침구 세트, 액자 등 뭔가 어수선한 분위기에 준비가 덜 된 상태였지만 친구는 아무 상관 없다며, 마루만 깔려 있음 잘 수 있다고, 꼭, 우리집 첫 손님을 해주고 싶다고 부탁을 해왔다.

부랴부랴 제일 작은 룸부터 있는 도구 없는 도구를 다 꺼내 청소를 하고 급한 대로 집에 있는 촌스러운 색의 이불을 세탁해 세팅해 놓았다. 그렇게 콧바람이 쌔하게 들어오는 10월의 첫 주, 친구는 딸과 함께 우리집을 찾아왔다. 집 입구에 택시 한 대가 천천히 들어오면서 창문에 어렴풋이 친구의 얼굴이 비치는 것이, 반가움에 가슴이 두근거리는 기분이, 참 오랜만이란 생각이 들었다.

친구는 택시에서 내리자마자 못생김주의 얼굴에 눈물바람으로 인사를 했고, 언제 자랐는지 모르게 친구만큼 훌쩍 커버린 친구 딸이 새침하게 인사했다.

남편은 얼른 캐리어를 들어 청소해둔 방으로 옮겨다 놓으며, 우리가 아직 준비가 미흡해서 이래저래 부족하다고 괜찮겠냐며, 내가 하고 싶은 변명들을 친구에게 먼저 늘어놓았다.

"맹~.(내가 부르는 친구의 애칭) 우리가 침구 세트 주문한 게 아직 안 와서 어울리지도 않는 이런 이불을 어쩔 수 없이 깔아놨어. 이거보다 훨씬 이쁜데… 아쉽다. 그리고 여기는 원래 액자가 걸려야 되고, 아직 컵도 배송이 안 됐고…."

"야, 마루만 깔리면 그냥 바닥에 아무거나 깔고 자면 되는데… 괜히 나 때문에 이거 준비한다고 너랑 오빠랑 힘들게 했나 부다. 이것도 충분히 이뻐! 이걸 둘이 도대체 다 어떻게 한 거래. 씽크대며 침대며 다 만든 거잖아! 오빠도 대단하지만 너도 대단하다. 그 긴 시간을…."

"그래도 네가 온다니까 발등에 불이 떨어져서 진도는 빨리 나가 좋드라. 니가 정말 여기서 첫 개시인 거야. 신기하다 신기해. 이 방에서 이렇게 사람이 잘 수 있다는 게. 요 문 앞에 아시바에 매달려 일하던 게 엊그제 같은데."

친구도 신기하고, 나도 신기해서 잠시 멍하게 방을 바라만 봤다.

"보윤아, 뭐 필요한 거 없어? 일단, 우리 마트 가자!"

마트에 도착하자마자 친구는 전쟁이 난 것도 아닌데 사재기 하듯이 물건을 담기 시작했다.

"야, 너는 며칠이나 있는다고 이렇게 많이 사?"

"나 말고, 너 먹으라고!"

친구는 그 한마디만 하고 내 의사와는 상관없이 마트에서 축지법을 쓰듯이 돌아다니며, 과일이며 야채며 가리지 않고 담았다.

"보윤아, 너 요거트 먹지? 먹어야 된다. 의사들이 그러는데 꼭 먹으래."

서울에서 친정엄마가 내려온 거 마냥 친구는 내 장 건강까지 걱정하며 요거트를 무한대로 장바구니에 담았다.

"야, 그거 다 먹다간 설사병 걸리겠다."

"하루에 한 개씩 오빠랑 꼭 챙겨먹어! 버섯? 버섯도 좋아하지? 버섯이 어디 있지?"

"… 못살아 진짜…."

동네 마트에서 아무리 사도 좀처럼 10만원을 넘긴 적은 없었는데, 친구는 15만원을 넘게 쓰고도 돌아오는 차 안에서 이걸 안 샀네 저걸 안 샀네 하며 계속 아쉬워했다.

그날 밤 처음으로 2층 방 테라스에서 친구와 바비큐를 개시하며(주문한 웨버 그릴이 오지 않아 육지에서 캠핑할 때 쓰던 화롯대를 세팅해 고기를 구워먹었다) 깜깜한 밤하늘과 쏟아질 것 같은 별들을 같이 감상했다.

서울에서 바쁘게 사는 것으로 그 누구에게도 지지 않는 친구와 이제는 숙녀가 다 되어버린 친구 딸을 번갈아 보면서, 이상하게 감회가 새롭고 마음이 짠했다. 친구도 딸래미를 키우느라고 힘들었겠다 싶은 애잔함과 앵앵거리면서 걷지도 못했던 친구 딸이 훌쩍 큰 걸 보니 너도 크느라고 힘들었겠다 싶은 생각이 들면서 괜히 주책없게 코끝이 찡해 왔다.

다음 날, 친구는 그렇게 짧은 일정으로 다음에 또 오겠다는 눈물 그렁그렁한 말을 남기고 다들 그렇듯 전쟁 같은 바쁜 삶 속으로 딸과 함께 육지로 올라갔다. 친구는 테이블 위 접시 밑에 15만원을 꽁꽁 숨겨 놓고는 가는 차 안에서 문자로 숙박료를 얼마 줄지 몰라 마음대로 넣었다고 잘 쉬다 간다며, 고맙다고 전해왔다.

나는, 너무 미안하고 미안하고 미안했다. 아직 제대로 갖춰져 있지도 않은 곳에서 머물고는 숙박료는 후하게 내놓고 가는 친구에게 하염없이 미안했다. 15만원을 손에 꼭 쥐고, 이 돈이 정말 올곧이 우리가 여기 와서 펜션으로 번 첫 수입인 것이 신기했고, 그것이 친구의 마음이어서 미안해졌다.

남편도 신기한지 이 돈을 액자에 끼워 걸어놓자며 농담 아닌 농담을 던졌고, 한편으론 받아도 되는지 모르겠다며 혼자 심각하게 중얼거리기도 했다.

친구는 그 이후로 우리 펜션에 분기별로 쉬러 오시는 VVIP 손님이 되셨다.

고맙다, VVIP 맹~.

#첫 손님 맞이 & 화재경보기가 울리다

손님~.

첫 손님!

아예 얼굴도 모르는 손님!

이 날을 상상해보며 일을 한 적이 많았다. 과연 기분이 어떨까 부터 방을 본 손님 표정은 어떨까, 인사는 어떻게 하지, 등등. 그러면 괜히 힘들게 일하는 와중에 재미있기도 하고 기대가 되면서 시간도 빨리 가는 것 같아 남편과 곧잘 얘기하곤 했었다.

어느 날 봄이가 우리 부부에게 펜션이 조금씩 준비가 되어가니 가 오픈을 시켜보면 어떻겠냐며 제안을 해왔다. 정식 오픈이 아닌 가 오픈인 만큼 홍보도 할 겸 가격도 낮춰서 이벤트가로 한 달 정도 진행을 해보면서 손님들 반응을 보자고….

슬슬 돈이 떨어져갈 때라 그 말이 솔깃하게 다가왔다. 어디까지가 끝인 줄 모르는 인테리어는 도대체 완성이라는 것이 없어 서서히 지쳐가고 있을 때이기도 했다.

"근데, 손님들을 어디서 데리고 와? 아직 사이트도 안 열리는데…."

"저희 펜션 만실일 때도 손님들한테 당일숙박 문의는 들어오니까 그 때 자연스럽게 언니네 펜션을 소개해 드릴게요. 손님을 조금씩 받아 봐야 나머지 정리들도 빨리되고 입소문도 나고."

봄이 날이 맞기도 맞는 게 보통은 펜션들이 성수기를 노려 오픈을 한다는데 우리는 그 좋은 날 다 보내고 이제 곧 찬바람이 쌩쌩 부는 계절을 앞두고 있으니, 주위사람들은 물론 우리도 걱정스러운 노릇이었다. 그러고 나서 며칠 뒤 모르는 번호로 전화가 한 통 걸려왔다.

"안녕하세요? ○○펜션 소개로 전화드리는 건데요."

… 드디어 올 것이 왔구나. 첫 마디가 제대로 떨어지지 않고 버퍼링 걸린 듯 버벅거렸다. 바보 같은 내 설명에도 손님은 흔쾌히 우리집에 숙박하겠다며 주소를 보내달라고 했고, 그때부터 우리는 그야말로 난리법석이었다. 한참 늦게까지 일하던 중이어서 지저분한 작업복 차림에 얼굴과 손은 흙 파먹은 거 마냥 꾸질꾸질하기 짝이 없었고, 이리저리 너저분한 공구들을 수습해야 했으며, 무엇보다 방에 걸레질을 한번이라도 더 해야 해서 이리 뛰고 저리 뛰며 그 밤에 그 공간을 몇 번을 뜀박질을 했는지… 지금 생각하면 웃음만 날 뿐이다.

손님은 예상보다 빨리 도착해 우리집 주차장에 서서히 진입하고 있었고, 때마침 그때 돌담을 쌓을 계획에 석공아저씨들이 오전에 돌들을 덤프트럭으로 한 차 싣고 와 주차장에 산처럼 쌓아놓은 게 눈에 들어왔다.

손님은 약간 의아해하며 차에서 내렸고, 남편과 나는 꾸질꾸질한 그 상태로 인사를 해야 했다. 가 오픈 중이라 아직 어수선하다고 양해를 구했는데, 손님이 괜찮다며 웃어주어 마음이 한결 편해졌다.

손님이 방에 들어간 후 남편과 나는 가슴을 쓸어내렸고, 다리가 풀려 잠시 데크 위에 털썩 주저앉았다. 우리집에 진짜 처음으로 일면식도 없는 손님이 와 있다는 게 신기해 남편과 입이 찢어지게 웃음이 나왔더랬다.

그것도 잠시, 손님이 고기를 사와 바비큐가 가능한지 물어오셨고, 아직 주문한 웨버그릴이 도착하지 않아 바비큐가 안 되는 상황이라, 또 버벅거리며 어찌 대답해야 하나 입술이 웅얼웅얼 대기만 할 때, 손님이 그냥 객실 안에서 구워 먹어도 되냐고 물어보셨다.

원래 거의 모든 펜션이 객실 안에서의 직화구이는 금지다. 연기냄새가 벽지나 섬유에 잘 스며들어 다음 손님이 입실할 때까지 냄새가 쉽게 안 빠지기 때문이다. 그런데 어찌 하겠나. 우리의 준비부족에, 이미 고기까지 사 오셨다는데 매정하게 첫 손님에게 "안 돼요!"라고 말을 할 수는 없었다.

그러고 나서 얼마 지나지 않아 내 평생 처음 들어보는 화재경보음이 울리기 시작했다. 나머지 뒷정리를 하고 있던 남편과 나는 얼른 객실로 달려갔고, 객실엔 고기 연기가 폴폴 천장으로 올라가 화재경보기를 에워싸고 있었다. 손님은 당황해했으며, 화재경보기는 열심히 제 할 도리를 하며 울어대고 있었다.

난 사실 그때 너무 창피해 문 앞에서 들어가지 않고 살짝 뒷걸음질쳐 있었으며 남편은 오늘같이 새까만 날 새까만 발로 객실로 들어가 우왕좌왕 하다 의자를 밟고 올라가 점프하며 화재경보기를 떼어내었다. 남편이 점프할 때의 모습이 아직도 눈에 선하다. 티셔츠가 위로 딸려

올라가면서 개구리 왕눈이의 투투 같은 배와 배꼽을 노출하며 서비스로 바지춤에 팬티까지 보여줬던 센스! 난 한 것도 하나 없으면서 너무 부끄러워 쥐구멍에라도 들어가고 싶은 그런 밤, 우리가 상상하고 기대했던 첫 손님은 그렇게 맞이했다.

#13 보름 정식 오픈을 향하여, 날짜 먼저 잡고 보자!

우리 부부가 여지까지 기나긴 시간 일을 해보니, 그래도 일이 제일 빨리 진행이 된 건 무조건 날짜를 먼저 잡고 일을 했을 때였다. 날짜를 정해놓으면 어쨌든 그 시간까지 초인 같은 힘이 발휘되어 죽을 둥 살 둥 밤을 새서라도 끝내지곤 했다.(물론 몸은 만신창이가 될 수 있다)

13보름을 정식 오픈하기 위한 사이트 작업! 그리고 그 사이트에 들어가는 사진 작업! 모든 사람들이 이 사이트를 통해 우리집을 볼 것이고, 그것이 마음에 들면 예약으로, 즉 우리의 수입으로 연결되는 아주 아주 중요한 작업이었다!

그 날짜를 그냥 턱! 잡았다. 안 그러면 정말 오픈이 더 늦어질 것 같았고, 우리도 더 늘어질 것 같았으며, 펜션을 이쁘게 꾸미는 것도 끝이 없을 것 같았다.

우리 눈앞에 있는 일들, 각 룸에 있는 모든 데크에 스테인 칠하기, 우리집을 포함한 펜션 외벽에 다시 페인팅 하기, 야외 정원 등 달기, 컨테이너 창고 페인팅하기, 돌담길에 꽃 심기, 각 룸마다 대청소 등등 할 일은 셀 수 없이 많았다.

우리가 펜션 사진 촬영 날짜를 잡은 걸 다 아는 친구들은 적극적으로 모든 일들을 도와주었다. 일, 봄 네도 펜션 청소가 끝나면 바로 달려와 청소부터 스테인 칠하기, 페인트 칠하기 등 가리지 않고 열심히 해주어 고양이 손이라도 빌리고 싶은 우리 부부는 너무 고마운 마음뿐이었다.

한번은 봄이가 흙바닥에 쭈그려 앉아 뭔가를 하고 있었다. 자세히 보니 바닥에 떨어진 지푸라기부터 시든 잎사귀까지 전부 다 손으로 주워 정리를 하고 있는 것이었다. 덕분에 항상 너저분해 보였던 길이 금세 정겨운 시골길처럼 말끔해지고, 누가 봐도 운치 있는 돌담길이 되었다. 다리 저리게 쪼그려 앉아 일하는 뒷모습에 너무 미안해져 안절부절 못하는 나에게 봄이는 오히려 위로를 해주었다.

"언니, 이렇게 해야 사진이 잘 나와요! 이게 별거 아닌 것 같아도 다 해놓으면 티가 많이 나서 훨씬 깔끔하고 정리가 잘 되어 보여요. 저도 지금 관리하고 있는 펜션 사진 촬영하기 전에 일일이 이런 거 하나하나 다 줍고, 또 잡풀들 정리 다 하고 한 거예요. 잘될 거예요. 그리고 조식 사진 촬영할 때도 오전에 제가 언니 필요할 만한 그릇이랑 소품들 몇 개 챙겨올게요. 언니, 너무 걱정하지 마요. 이제 거의 다 했잖아요."

펜션을 한 번 오픈시켜 본 봄이는 구석구석을 잘 찾아다니며 촬영에 필요한 모든 부분들을 꿰뚫어보듯이 일을 해주었다.

지금 생각해봐도 그 친구가 없었으면, 펜션 준비가 몇 배는 힘들지 않았을까 싶다. 아무래도 한 번 해본 사람의 경험은 말로 백 번 들은 사람보다 나을 터, 그 친구의 말 한마디가 그때의 우리 부부에겐 떨어지지 않는 금값과도 같이 값지고 고마운 것들이었다.

촬영 당일, 처음 조식이라는 것을 예쁘게? 만들기 위해 접시 위에 소시지를 이렇게 놓았다, 저렇게 놓았다를 반복하며 제일 그림 같이 예쁜 플레이팅을 하기 위해 날도 추운데 땀을 삐질삐질 흘려가며 애를 먹고 있을 때 일, 봄이 선물 보따리처럼 내게 필요한 그릇들을 한 꾸러미 들고 왔다.

부랴부랴 준비한 후 야외 테이블 위에 봄이가 가져다준 그릇들과 함께 구색을 맞춰 세팅을 한 후 촬영에 들어갔다. 나를 찍는 것도 아닌데 왜 이렇게 심장이 콩닥거리면서 떨리는지, 내가, 아니 우리 부부가 결국엔 다 했구나 해냈구나. 이런 거창한 기분도 들면서 쬐끔 눈물도 날 것 같다가 찰칵거리는 소리에 다시 긴장도 됐다가… 그 날은 하루 종일 기분이 붕~ 떠 있다가 내려 왔다가를 반복했다.

촬영은 늦게까지 이뤄졌다. 룸마다 구석구석, 낮을 배경으로 밤을 배경으로 혹은 조명에 따라, 여러 각도에서 참 열심히도 찍어주셨다.

11월 초지만, 전날 비가 와 바람이 불고 쌀쌀한 날씨였는데도 반팔을 입고 땀을 삐질삐질 흘리시면서 찍는 모습이 너무 열심히 해주시는 것 같아 짧게 만난 인연들이지만, 역시 우린 인복이 넘치는구나 싶어 또 알 수 없는 누군가에게 감사할 따름이다.

13 보름에서 브런치

그리고 마지막, 밤 신의 하이라이트는 바로 바비큐!

바비큐 신을 위해 고기는 물론 평소엔 먹지도 않았던 해산물까지 준비했다. 정말 바비큐 연기가 폴폴 나는 것 같은 연출을 위해, 펜션에서 불 좀 피워본 일씨가 불을 지피고 고기를 굽기 시작했다.

찰칵찰칵 셔터 소리는 빠르게 나고, 그곳에 모인 사람들도 다들 지쳐가고 있을 때… 고기냄새는 콧구멍을 통해 식도까지 타고 들어가고, 기름이 떨어지면서 지글지글 고기 구워지는 소리가 귀를 간지럽힐 때… 촬영이 무사히 다 끝났다. 그리고 오늘 하루 다 같이 고생한 많은 분들을 위해 고기는 다시 구워지기 시작했다.

그날 밤은 그곳에 노인 모든 사람들에게 대접하고 싶은 마음뿐이었다. 짧지 않은 시간 촬영을 위해 기꺼이 고생해준 친구들, 찌꾸, 뿔리, 일, 봄, 태형 씨, 더위를 많이 타는 남자 포토그래퍼님과 그의 예쁜 아내인 소녀 같은 포토그래퍼님 까지 마음 같아선 일일이 하나하나 고맙다고 손잡고 안아주고 싶은 마음이 굴뚝 같았지만 조금 넘사스러워 혼자만의 생각으로 접으며, 달게 소주를 삼켰더랬다.

우리 부부가 어디에서 무얼 하든 이런 일이 또 있을까? 우리가 열심히 고생해서 이 집을 얻기도 했지만, 소중한 사람들도 함께 얻었기에 그날 술이 참 달고 달았다. 술을 마시는 내내 모두들 이 집이 드디어 다 되었다며, 자기 집인 것처럼 기특해했고 기뻐했으며 중간중간 힘들었던 과정들을 상기하며 웃기도 하고 아련해하기도 했다. 하지만 나에게는 그날 펜션 얘기보다 그곳에 모인 사람들이 더욱 소중하게 느껴졌다. 우리 부부가 처음에 뭣도 모르고 둘이 집을 짓는다고 했을 때

쏟아졌던 비난 아닌 비난들… 앞에선 걱정해주는 척하지만 뒤에선 바보같다고 말하던 사람들에게 우린 바보같아서 다 했고, 여우같았으면 못했을 거라고 말해주고 싶은 밤이었다. 달도 참 밝은 밤이었다.

그렇게 2주 정도가 지나 우리는 〈13보름〉 정식 홈페이지를 열었고, 많은 사람들의 노력과 땀, 배려 덕분에 본격적으로 펜션 운영이 시작될 예정이었다.

또, 수술…

펜션 오픈 준비작업이 막바지에 다다르자 남편은 계속 손이 저려온다고 했다. 긴가민가 혹시 하면서도 그냥, 일을 많이 하니 당연히 아픈 거겠지 하며 별로 대수롭지 않게 넘어갔었다. 날이 갈수록 남편의 통증이 심해졌지만, 펜션 오픈을 눈앞에 두고 있던 터라 바쁜 거 끝나면 병원가자… 오픈시켜 놓고 가자… 난 미련하게 그랬었다. 그렇게 모든 일이 끝나고 난 뒤 마음먹고 병원에 가서 검사를 받을 수 있었지만, 검사 결과는 나와 남편을 또 한번 헉! 소리나게 만들고 말았다.

"목 디스크예요. 여기 보이시죠? 5번 6번이 많이 나와 신경을 억누르고 있는 모습이예요. 이러니 손이 저리고 감각이 없었겠죠. 수술해야 해요. 더 빨리 왔어야지, 이건… 어쨌든 빨리 날짜 잡고 수술합시다. 이거 방치하면 더 큰 일 날 수 있어요."

"더 큰 일이라뇨? 무조건 수술 말고 약물치료나 물리치료는 안 되는 건가요?"

"저리고 감각 없는 게 다리까지 내려갈 수 있죠. 그럼 휠체어를 탈 수도 있고. 지금 증상도 MRI 결과보단 훨씬 양호하신 거예요. 이 정도로 눌렸으면 더 심각하게도 나타날 수 있는데 그래도 꽤 건강하시네. 약물치료나 물리치료 갖고 되는 게 아니라 환자분은 빨리 수술을 해야 하는 상황인 거예요."

남편과 나는 입이 있다는 걸 잊어먹은 채 아무 말도 할 수가 없었다. 더 정확히 얘기하자면 나는 남편한테 너무 미안해 아무 말도 할 수가 없었다. 그 전부터 아프다고 얘기했던 걸 원래 좀 꾀병이 있는 사람이니 그런가 보다 하며 대수롭지 않게 넘겼고, 공사 막바지에는 바쁘다는 핑계로 병원 갈 타이밍을 미루고 미루고 미뤘었다. 기껏해야 근육통 아니면 과도한 노동으로 인한 단순 통증이겠지, 나도 밤마다 허리가 아파 잠을 못자고 깨는 날이 다반사인데 그깟 손가락 좀 아픈 거, 아무것도 아니겠지 했다. 그런데 참 어쩜 이럴까? 도대체 사람이 아픈데 나는 뭘 기대하고 죽어라 여기까지 온 걸까? 한심하기 짝이 없는 나였다.

의사 선생님이 시키는 대로 급하게 수술날짜를 잡고, 모든 스케줄을 남편 수술에 맞췄다. 11월에 오픈하자마자 운이 좋게도 SNS로 입소문이 나기 시작해 얼마 안 되는 시간에 예약이 부지런히 들어올 때였지만, 여기까지 우리가 해온 노력들이 돈만 바라고 달려온 게 아니라,

남편과 내가 건강하고 행복하게 살기 위함인 걸 잊고 싶지 않았다. 미련 없이 남편이 수술하는 그 주, 모든 룸의 예약을 잠궈놓고, 남편 간병에만 신경 썼다.

처음으로 하는 전신마취에 남편은 아이처럼 밤잠을 설치며 걱정했다. 그러면서 펜션 걱정을 하기도 하고, 다시 한 번 수술대 위에 누울 상상을 하며 조마조마해 하기도 했다.

수술 날 아침, 남편은 바들바들 떨며 수술실 침대가 자신을 모시러? 오기만을 기다려야 하는 어쩔 수 없는 상황에서 갑자기 침대 밑으로 내려가 숨듯이 방바닥에 누워버렸다.

"뭐하는 거야?"

"나 없다 그래."

"뭐야, 빨리 일어나. 조금 있음 간호사 언니 온단 말이야."

아니나 다를까, 간호사 언니가 때마침 적절한 타이밍에 들어와선 남편을 보고 환자분 뭐하시냐며 설마, 숨으신 거냐며 입술을 씰룩거리며 웃어 보이셨다. 간호사 언니는 수술 잘될 거니 걱정하지 말라며, 소아과 어린이 환자 보듯이 남편을 달래주었고, 그렇게 수술 방 침대는 남편을 고이 모셔 수술실로 인도했다.

3시간이 걸릴 거란 수술은 2시간이 더 지나 5시간만에 끝이 났고, 수술을 마치고 나온 의사선생님은 수술은 잘 끝났고, 디스크가 딱딱하게 굳어져 있어 꽤 오래 전에 조금씩 진행된 것 같다고 말씀하셨다. 우리는 공사하는 것 때문에 급작스레 발병되었다고 생각했는데… 예전 기억을 더듬어보니, 한창 입시철에 한번씩 손이 저리고 아프다고 했던 게 떠올랐다. 미술학원 강사가 어깨 아프고 손이 아픈 건 당연한 일이라 설마 디스크일 거라는 생각은 꿈에도 해본 적이 없었다.

남편은 수술을 마친 후 회복실에서 30분 가량 있다 중환자실로 옮겨졌다. 수술한 부위에 피가 고이면 위험할 수 있어 하루 정도는 중환자실에서 상황을 지켜봐야 한다고 했고, 그날 나는 걱정되는 마음을 겨우 진정시키고 잠깐의 면회에 퉁퉁 부은 남편의 얼굴을 본 게 다였다. 그렇게 생애 처음으로 남편은 중환자실이라는 곳에서 혼자 밤을 보내야 했는데, 다음날 아침 면회시간에 남편의 첫 마디는 역시 "나 밥 언제 먹어?" 였다.

그 말을 들음과 동시에 아, 다 나았구나! 라는 생각에 마음이 놓이면서, 어떠한 상황에서도 식욕이 좋은 남편이 신기하고 대견했다. 남편은 하루가 다르게 좋아져갔고, 제주에 내려오면서 수술을 두 번이나 받은 남편은 이제부턴 무조건 건강이 먼저라며, 제주에서 자기 몸을 새롭게 세팅한 기분이라고 했다.

재활의학과 선생님도 남편의 MRI를 보시더니, 이만하길 다행이라며 이 정도 신경이 눌린 경우면 팔 다리를 못 쓰는 경우도 심심치 않다며, 남편에게 럭키 가이라고, 운이 아주 좋은 만큼 건강관리를 잘하라고 충고해주셨다.

남편은 그 이후로 여러 가지가 바뀌었다. 좋아하던 술을 끊은 지도 벌써 3년이 되어가고, 준공 전 불안불안하게 끊었던 담배도 완벽하게 금연이 됐으며, 폭식이나 편식을 하던 버릇도 없어졌고, 건강을 위해 하루에 2시간씩은 꼬박꼬박 걸어 총 8키로 감량에 성공했다. 살이 쏙 빠진 남편을 보신 어머님은 통통하게 낳아줬는데 얼굴이 반쪽이 되었다며 내심 걱정을 비치셨지만, 우리 부부가 제주에 내려온 건 하고 싶은 걸 마음대로 하고 먹고 싶은 걸 마음대로 먹으며 흥청망청 살기 위함이 아닌, 건강하고 즐거운 삶을 좋은 곳에서 우리 둘이 함께하기 위함이라는 걸 다시 한 번 상기하게 되는 금쪽같은 날들이었다.

물론, 나는 아직 애주가로서 혼자서 홀짝홀짝 마실 때도 있지만, 절대 내 술잔이 외롭다거나 처량한 기분은 들지 않는다. 오히려 힘든 금주와 금연을 잘해 나가고 있는 남편이 고맙고 대견할 따름이다. 또한 모든 악조건 속에서도 남편을 럭키 가이로 만들어준 알 수 없는 영역의 누군가에게 머리 숙여 감사하고 감사할 따름이다.

제주에서
집을 짓고
산다는 것

제주에서 만난
반려묘들

예전에 외할머니가 동물들이 자꾸 들어오는 집은 무엇이든 잘 된다고 얘기하신 적이 있다. 그게 정말 사실이면 좋겠다.

남편과 나는 개를 참 좋아한다. 개가 없었으면 무슨 재미로 살까 싶을 정도로 반려견에게 많이 의지하고 살아가는 편이다. 남편은 정확히 개만, 오로지 눈이 망울망울 이쁘게 생긴 개만 좋아한다. 날아다니는 것도 싫고 기는 것도 싫고 오로지 멍멍이만. 나는 실은 종을 가리지 않고 동물들을 다 좋아하는 편이다. 닭이든 오리든, 새든, 물고기든, 멍멍이든, 고양이든.

하지만 남편은 새는 부리가 싫고, 닭은 발이 싫고, 못 생긴 강아지는 못 생겨서 싫고, 고양이는 눈이 귀신같아서 싫다고… 뭐 이유야 어찌 되었든 싫다는데 강요할 순 없고, 그래서 우린 여지까지 이월이 하나만 보고 살고 있었다.

어느 날, 합판을 사러 목공 재료상에 가던 길이었다. 7월의 완연한 여름날씨에 숨이 턱턱 막히는 그런 날, 주먹만한 까만 고양이가 트럭 밑에서 길가에 버려져 있는 수박껍질을 핥아먹고 있었다. 기운이 없어 제대로 빨아먹지도 못하고 비실비실했다. 얼른 손을 뻗어 이리 오라고 하니, 신기하게 바로 냐옹~냐옹~ 하며 내 손등에 다가와 부비적부비적 거리기 시작했다.

남편은 병균이 있으면 어떡하냐며 만지지 말라고 옆에서 야단이 났지만, 이미 내 귀엔 들리지 않았다. 얼른 목재 사무실로 들어가 까만 고양이에 대해 물어보니, 얼마 전에 암컷 한 마리가 새끼를 여러 마리 낳았는데, 이 아이가 몸이 안 좋은걸 아는지 어미가 다른 아이들은 다 물고 데려갔는데 요 아이만 안 데려가 며칠째 아무것도 안 먹고 울고 있다고….

내 성격을 아는 남편은 이미 옆에서 "안 돼, 여보! 안 돼! 고양이는 안 돼! 흔들리지 마! 안 돼! 여보! 날 봐! 여보! 정신 차려!"를 무한반복 재생하고 있었지만, 나는 이미 작고 까만 냥이한테 마음을 홀딱 빼앗겨 그 아이를 안고 차에 타 앉아 있었다. 가는 내내 남편은 투덜거렸다.

"난 고양이 싫은데. 무서운데, 어후… 난 몰라… 당신이 알아서 해!"

"이렇게 작은 애가 뭐가 무서워! 무서우면 얘가 당신이 무섭겠지! 얘 봐~ 기운이 없어서 고개도 제대로 못 드는데, 이런 애가 뭐가 무섭다고… 가여워라…."

가는 내내 내게 딱! 붙어서 떨어지지 않으려고 하는 아기 냥이가 아주 가여웠다. 어찌나 작고 말랐는지 만지면 뼈가 그대로 느껴져 잘못 만졌다간 으스러질 것 같아 조심스럽기만 했다. 일단 마트로 차를 몰아

팩으로 된 고양이 습식사료를 몇 개 사서는 부랴부랴 집으로 와 얼른 까 주었더니, 게 눈 감추듯 숨도 안 쉬고 먹는다.

"이렇게 이쁜데 엄마 냥이는 왜 너를 안 데려갔을까? 냥이야… 엄마 한테 같이 가자고 울지 그랬어… 데려가 달라고…."

나 혼자 읊조리는 말에 냥이는 밥만 허겁지겁 먹을 뿐이었다.

"가만 있어보자. 근데, 너를 뭐라고 부를까? 이월이는 2월에 데려와 서 이월이…그럼, 지금이 7월이니까 7월이로 할까? 근데 발음이 너무 힘들다. 그냥 럭키세븐, 7번으로 하자! 넌 앞으로 7번이다. 알았지?"

밥을 먹고도 기운이 없는지 고개를 못 들고 병든 닭처럼 꾸벅꾸벅 조는 7번이가 밤새 신경이 쓰여 잠을 제대로 잘 수가 없었다. 밤새 혹시 죽어버렸으면 어쩌지… 가서 딱딱하게 굳어 있으면 어쩌지… 하는 생각에 심란하고 불안했다. 마음 같아선 집안에 두고 싶었는데 한 성 격하는 이월이 때문에 같이 둘 수가 없어 이사 갈 우리집에 세탁실로 쓸 공간에다 임시거처를 마련해주었다. 그렇게 하룻밤을 꼬박 새고 얼른 세탁실로 달려가 문을 여니 어제보다 큰 소리로 왜 이제 왔냐며 울어대는 7번이가 고마울 따름이었다.

오전에 집 근처에 있는 동물병원에 데리고 가 수의사 선생님께 보여 주니, 한숨을 푹푹 쉬시며 말씀하셨다.

"아휴… 이런 애를 어디서 데려왔어요?"

"왜요? 아는 데서 못 먹고 있다기에 데려왔어요."

"길고양이들은…워낙 먹는 게 부실해서 어미가 새끼를 낳다 보면 이렇게 영양분을 못 받고 태어나는 애들이 많아요. 얜 어휴… 얼마 못 살 것 같은데, 일단 주사를 놔줄게요. 근데 주사를 놓을 근육도 없어. 이거 봐. 다 뼈야. 이러면 약도 흡수가 안 된다고…."

계속 한숨만 쉬시는 선생님을 보면서 나는 아무 말도 할 수가 없었고, 남편도 옆에서 한숨만 쉬긴 마찬가지였다. 선생님은 그렇게 억지로 주사를 3대 놓아주시곤 살아 있으면 일주일 뒤에 다시 오라고 하셨고, 사랑으로 데리고 왔으니 잘 키워보라며 진료비도 받지 않으셨다. 이건 뭐지, 진료는 공짜로 받았지만 기분은 안 좋은 건? 집으로 가는 내내 내 배에다 대고 힘없이 꾹꾹이를 하는 7번이를 보면서 내가 너를 꼭 한번 살려보리라 마음먹었다.

집에 돌아와 여기저기 인터넷을 찾아보니 덜 자란 새끼 냥이들은 엄마품처럼 해주면 좋다고 해, 못 입는 셔츠를 반으로 접어 둘둘 말아 포대기처럼 만든 후 7번이를 그 안에다 쏙 넣고 내 배에 밀착시켜 허리 뒤로 감싸 묶었다. 녀석도 싫지 않은지 그 안에서 꼼짝을 안고 쌔근쌔근 잠도 잘 자고, 오히려 잠깐 내려놀라 치면 울어대기 시작했다. 일하는 내내 내 배에 딱 붙어서 큰 소리로 테이블 톱을 쓸 때도, 슬라이딩 톱을 쓸 때도 전혀 무서워하는 기색 없이 꼼짝을 안 했다. 7번이가 유일하게 소리내서 우는 건 포대기를 내려놓으려고 할 때였다.

남편도 신기한지, "얘가 그래도 우리가 신경 써주는 건 아나봐. 이렇게 악조건 속에서도 가만히 있는 걸 보면 좀 귀엽다"라며 슬슬 정이 들기 시작했다.

우리는 그렇게 7번이가 잘 버텨줄 수 있겠다고 생각했다. 그래서 보란 듯이 일주일 후에 병원에 가길 바랐는데… 7번이는 그 일주일 아침에 숨을 거두었다. 작고 어린 것은 숨이 끊어질 때도 매우 고통스러워하며 손발을 아등바등거렸고, 그걸 보고 있는 나는 눈물바다였다. 같이 있던 남편은 아무 말 없이 밖으로 나가 혼자서 무언가를 뚝딱거리며 만들어 금방 가지고 들어왔다. 곱게 사포질이 된 반듯한 나무박스…. 이 나무를 사러간 날 녀석을 만난 건데, 우리는 7번이를 그 안에 눕히고 남은 사료와 목줄을 같이 넣어주며 뚜껑을 닫아야 했다. 박스 단면에는 나무의 생산날짜가 july라고 파란잉크로 찍혀 있었고, 그걸 본 우리는 다시 눈물바다였다.

고작 일주일도 채 안된 녀석이 일에 지쳐 있던 우리 삶에 들어와 소소한 재미와 위로, 희망을 보여주곤 지금 우리집 마당 한켠 단풍나무 밑에 잠들어 있다.

그 이후로 남편과 나는 고양이 사료를 여기저기 한 줌씩 놓아주는 습관이 생겼다. 지나가다 새끼를 가진 어미 냥이도 먹고, 젖을 못 얻어먹는 새끼 냥이도 배를 채우라고… 한번은 남편이 며칠 멍한 나에게 유기동물 보호센터에 가보자고… 가서 7번이처럼 까맣고 못생긴 고양이가 있는지 보자고 했다.

강아지 외엔 다 싫다던 남편이 먼저 말을 해주고 용기를 내주어 고맙고 미안했다. 하지만 막상 가서 보니 다 너무 이쁘고 고운 냥이들만 있을 뿐 7번이처럼 못난 냥이는 없었다. 이쁜 애들은 이미 경쟁자가

우리의 첫 고양이~
7번이~
모든 게 니 덕분인 듯 항상 고맙구나,
보고 싶다.

많았고, 이런 것도 인연이 있어서 그런가 신기하게도 나는 그날 꽃같이 예쁜 냥이들이 눈에 들어오지 않았다.

한동안 일하는 내내 가슴 한쪽이 먹먹했다. 그건 남편도 마찬가지였을 것이다. 평생 강아지만 키워봤지, 고양이는 처음인 우리에게 7번이는 첫 정이었고, 끝까지 지켜주지 못한 미안함이었다.

그렇게 한 달 정도가 지난 어느 날 남편이 요 앞 편의점에 고양이를 분양한다는데 가보겠냐며 넌지시 물어봤다. 난 조금 두려운 마음이 앞서 처음엔 못 들은 척 하다가 결국엔 얼굴이라도 볼까 하고 남편과 편의점으로 향했다. 편의점 유리창에 '아기고양이 분양'이라는 문구가 하얀 종이에 투박하게 써 붙여져 있었고, 편의점 사장님은 고양이 얘기를 꺼내자 따라오라며 편의점 옆 창고로 우리를 데리고 갔다.

물건들이 정신없이 쌓여 있고 늘어져 있는 공간 한쪽에 하얀색 터키시 앙고라가 새끼에게 젖을 물리고 있었다. 설탕처럼 하얀 새끼는 어미젖을 힘껏 빨고 있었다. 언뜻 봐도 두 달은 꽉 차보이게 크고 날씬한 고양이였다. 사장님은 안아봐도 된다며 젖을 물고 있던 아이를 낚아채듯 잡아 내 가슴팍에 안겨주었다. 나도 너무 놀라고 새끼 고양이도 놀라 서로 얼음이 돼서, 안아주고 안겨있는 게 어색하기 짝이 없었다. 그런데도 이 아이가 내 눈을 마주보며 가만히 안겨있어 주었다.

"이쁘지. 얜 정말 순해. 보통 고양이처럼 앙칼지고 그런 게 없어! 이제 조금 있으면 두 달 되니까 데려가기 딱 좋을 때야. 또 한 마리가 어디 있더라…."

사장님은 여기저기 부산하게 다른 한 마리를 찾아다니시며, 연신 고양이 자랑을 하셨다. 그러고는 어디선가 하얀 바탕에 회색 줄무늬가 이쁘게 그려진 고양이를 다시 내 가슴팍에 떡 하니 안겨주셨다. 그런데, 이 녀석은 안기자마자 싫은 내색을 정확히 하며 내 품에서 튀어나가 어디론가 휘리릭 달아나 버렸다.

"아휴, 저게 조금 컸다고 사람 손을 안 탈라고 하네. 원래 동물이라는 게 인연이 있어서 억지로 되는 건 아니야. 그 하얀 애를 데리고 가! 품에 딱 안겨있는 모습이 좋아하는 게 눈에 보이네!"

사장님은 새끼들을 빨리 털어버리고 싶어 하는 마음이 엿보이는 립서비스를 우리에게 계속 하셨고, 우리는 사장님의 말씀에 혹해서가 아닌, 이 순하디 순한 하얀색 털복숭이가 열악한 창고에서 자라는 건 아니라는 판단을 해, 바로 차에 태워 집으로 데리고 왔다. 그 냥이가 지금의 달달이다. 누구보다 멋진 수컷 고양이로 자란 달달이… 설탕처럼 희고 달게 생겼다고 우리는 달달이라고 부른다. 벌써 우리집에 온 지 1년이 다 되어가지만, 아직까지 밤에 내 옆에서 꾹꾹이를 해야 잠을 자는 엄마 껌딱지가 되었다. 달달이 덕분에 우리는 뭔가 7번이에게 미안했던 마음이 좀 덜어지는 기분이 들었다.

7번이를 보내고 넉 달 뒤, 칼바람이 부는 11월이었다. 아무리 추워도 다이어트를 위해 둘이 걷는 운동을 2시간씩 할 때였다. 그날도 추위에 잠시 망설였지만, 건강을 위해 걷자는 마음으로 두터운 점퍼를 챙겨 입고 밤늦은 시간 집을 나섰다. 그렇게 한 2~30분 걸었을까? 깜깜

새끼일때 요렇게 작았는데 언제 컸니!

부부란 이렇게 살아야 되는데 말이죠~

한 도로를 걷고 있는데 어디선가 뒤에서 냐옹~ 소리가 아주 작게 들리는 것이다. 고양이를 키우는 우리는 그 소리에 즉각 반응해 냐옹아~ 하면서 별 생각 없이 뒤돌아봤는데, 남편은 너무 놀라 "여보! 저기! 저기! 고양이! 고양이!"라는 말만 되풀이했다. 눈이 나쁜 나는 깜깜한 밤중에 도통 뭐가 보이지 않았는데, 잠시 후 4차선을 가로질러 새끼고양이 한 마리가 빠르게 질주해서 우리한테 달려오는 모습이 보였다. 우리는 안절부절 했고 나도 모르게 점퍼 지퍼를 열고 옷을 활짝 벌려 새끼 냥이를 안을 준비를 하고 있었다. 그러면서도 설마 얘가 내 품으로 들어올까? 에이, 설마? 하는 순간, 그 조막만한 고양이가 내 품으로 쏙 들어와 안겼다. 남편과 나는 너무 놀라 일단, 허겁지겁 점퍼를 여미고 어떡하지 어떡하지 말만 되풀이했다.

새끼 냥이는 배가 많이 고픈지 내 열 손가락을 다 빨아 먹을 기세로 계속 핥으며 깨물깨물 했고, 우리는 일단 발걸음을 돌려 거의 축지법을 쓰다 싶게 집으로 날아왔다. 부랴부랴 집에 도착해 고양이 캔 하나를 따주니 캔까지 씹어 삼킬 기세로 달려들어 말리려고 하는 내 손까지 피가 나게 깨무는 것이다. 캔 한 통을 다 먹고도 성에 안 차는지 이리저리 먹을 것을 찾아 돌아다니며, 연신 콧구멍을 벌름거렸다. 도대체 이게 어떻게 된 일이지… 이 밤에 이게 뭔 난리인지 정말 하늘에서 갑자기 고양이가 뚝! 떨어진 기분이었다.

남편과 나는 이미 달달이와 이월이가 있는 터라 한 마리를 더 키운다는 건 부담이 돼 이리저리 입양 글을 올려보며 좋은 주인이 나타나기만을 기다렸다. 그런데 웬 걸 달달이가 요 길냥이와 정이 들었는지 눈앞에서 안 보이면 마구 울어대고, 둘이 만났다 하면 연신 핥아주며 애정을 과시하기 바빴다. 남편과 나는 어쩔 수 없이 둘의 사랑을 찢어놓을 순 없어 사료값을 더 벌더라도 그냥 키우자고 결론을 내렸고, 그렇게 한밤의 꿈처럼 뜻하지 않게 고양이 한 마리가 새 식구로 들어왔다. 우리는 요 녀석의 이름을 그렁이라고 지어줬다. 시도 때도 없이 하도 그렁그렁 소리를 내서 애칭으로 부르다가 이름이 되었다. 그렁이는 한밤중에도 머리맡에 누워 귀에다 대고 그렁그렁 갸르릉 소리를 끊임없이 내, 남편과 나의 밤잠을 설치게 했다. 지금도 그렁이는 잘 때 빼고는 연신 그렁그렁 대고 돌아다닌다. 도대체 뭐가 그렇게 기분이 좋은 건지 그렁이의 복식울림은 날이 갈수록 점점 더 커지고 있다.

그 날 이후, 우리는 고양이 두 마리 개 한 마리의 엄마아빠가 되어 연신 동물들의 애교에 눈이 하트가 되는, 어쩌면 그 애교를 보려고 우리가 더 애교를 부리는지도 모르는 즐거운 생활을 하고 있다.

할머니 말씀대로 신기하게도 동물들이 생길 때마다 사람들의 관심이 더 많아지고 문의도 많아졌다. 어느 한 녀석을 콕! 찍어 보고 싶다고 찾아와주시는 분도 생겼고, 동물들이 잘 지내는지 SNS 쪽지로 안부를 묻는 사람들도 많아졌다.

나는 점점 더 할머니 말이 사실인 것 같아 우리 동물들의 인연이 감사하고, 또 귀할 따름이다.

보고 싶었수다!
루시드 폴~

펜션을 오픈해놓고 얼마 지나지 않아 전화가 한 통 걸려왔다.

뮤직비디오를 찍어야 하는데 룸을 3채 다 빌릴 수 있냐며, 적절히 싸게 해달라는 말도 잊지 않았다.

뮤직비디오? 가수가 궁금하던 찰나 그쪽에서 먼저 루시드 폴이라고 얘기해주었다.

이게 웬일이냐!? 제주시로 장을 보러 가던 길이라 남편에게 부리나케 한쪽에 차를 잠깐 세우라고 한 후, 올곧이 통화에 집중하며 세상에 휴대폰 너머 저 사람과 나 둘뿐인 양 상냥하게 받았다.

펜션을 오픈하면서 남편과 둘이 종종 이런 얘길 나누곤 했었다.

"우리집에 유명한 사람들이 와서 머물고 가면 완전 좋을 텐데… 그럼 자연히 유명세도 탈 거고."

"그런 꿈같은 일이 있을까? 요즘 좋은 곳이 너무 많이 생겨서… 요런 시골마을까지 누가 올까 몰라. 막, 지 드래곤이나 유재석 이런 사람들 오면 진짜 대박일 텐데…."

어차피 오지 않을 사람들이니 아무 유명인이나 막 갖다 붙이며, 이미 우리집에 와서 실컷 그들의 체취를 남기고 간 듯 우리는 신나게 상상의 나래와 개인적인 욕망을 실컷 퍼부으며 여럿 연예인들을 우리펜션에 강제숙박을 시키기도 했었다.

아, 그런데 루시드 폴이라니! 우리집 공사가 한창일 때, 아침에 멍 하니 찌뿌둥한 몸을 일으키며 휴대폰으로 음악을 틀면 맨 처음 나와 노래를 조근조근 불러주며 잠을 깨워주던 바로 그 이! 이 사람 노래를 들으며 출근도 하고 페인트칠도 하고 석고보드도 붙이고, 모닝커피도 마시고 했었는데… 이게 진정 참말이란 말인가?!

통화하면서도 믿기지 않았지만 너무 빨리 그러세요~ 하면 안 될 것 같아서 잠시 남편과 상의해본 후 전화하겠다는 말을 남기고 끊었다. 이미 궁금해 안달이 난 남편은 오디션 프로그램의 참가자처럼 내 설명을 기다리고 있어서 내가 꼭 대단한 한 건이라도 건진 양 의기양양하게 설명해주었다.

그땐 정말 유재석의 말하는 대로~처럼 다 이뤄질 것 같았다.

얼른 전화를 다시 걸어 비트 치는 심장을 진정시키고 어설피 사장님 마인드로 재정비한 뒤 예약을 도와준 후 그날을 손꼽아 기다렸다.

"루시드 폴이 진짜 올까?"

괜히 궁금해져서, 모르긴 마찬가지인 남편한테 보채며 물어봤다.

"오,…지 않을까?"

"왔으면 좋겠다. 예전에 그 사람이 썼던 책도 가지고 있는데 책에다 싸인도 받게."

우리한텐 이 일이 신기한 일이라 여기저기 전화를 해 자랑 아닌 자랑을 열심히 했더랬다. 손위 시누이도 루시드 폴의 팬으로 그가 쓴 책을 가지고 계셨던 터라 옳거니~! 오면 꼭! 싸인 받아드려야지! 하는 마음에 더더욱 그를 기다렸다~ 루시드 폴!

그 날이 되어 체크인 시간만 손꼽아 기다렸다. 하지만 촬영팀은 누가 누구인지 식별이 안 될 만큼 깜깜한 밤에 도착해 언뜻 봐도 피곤한 기색이 역력한 모습으로 금방 방으로 들어가버려 적막만 흘렀다.

그 다음 날도 일찍 장비들을 챙겨 나가기 바빠 도대체 우리집에선 언제 찍는다는 건지 궁금해 안달이 나기 시작했다. 그 다음 날이 돼서야 방에서 사람들이 모여 촬영하는 모습이 보이기 시작했다. 소심한 우리 부부는 직접 가서 보고 싶은 마음에 심장이 요동쳤지만, 혹시나 방해가 될까 집안 창문에서 흘깃거리며 훔쳐보기 바빴다. 그러면서도 루시드 폴을 찾느라 눈에서 땀이 날 지경이었다. 한참을 그렇게 눈을 굴리고 있다 우리가 무슨 죄지은 것도 아닌데, 우리집에서 우리가 왜 이러고 있나 싶어 불쑥 나가서 물어보고 싶어졌다.

마침 촬영을 끝낸다고 했던 시간도 훌쩍 넘긴 터라 얼른 잰 걸음으로 나가 열심히 무언가를 나르시는 분에게 물어봤다.

"다 끝나신 건가요? 시간이 많이 지났는데…."

"아, 네. 이제 거의 끝났습니다. 정리만 하면 됩니다."

"근데, 루시드 폴은 안 온 건가요?"

"네. 그 분은 안 오셨구요, 남자모델은 아까 다 끝내고 먼저 갔고, 여자모델만 안에서 나머지 촬영 정리하고 있습니다. 아하하하, 금방 끝내겠습니다. 펜션이 너무 이뻐서 덕분에 잘 찍었습니다."

그 분은 늦게 끝난 걸 미안해하시며 괜스레 펜션자랑을 늘어놓기 시작하셨지만, 너무 실망한 우리는 그 말이 귀에 잘 들어오지 않았다.

"저는 가수분이 직접 오시는 줄 알고, 그 분 책에 싸인 받으려고 기다렸는데…."

"아하하하. 그 분은 여기가 아니라 다른 곳에서 찍으시는 거라, 제가 만나면 받아드리겠습니다. 괜찮으시면 책을 주시겠어요?"

나는 기다렸다는 듯이 냅다, 아니 조금은 이런 걸 시켜서 미안해요~라는 표정도 함께 띄우며 얼른 그 분 두 손에 책 두 권을 드렸다. 싸인을 받는 대로 택배로 보내주시겠다는 마지막 인사를 건네며 촬영 팀은 떠났다.

그렇게 우리는 뮤직비디오가 나올 때까지 이 사람, 저 사람, 요 사람, 지나가는 사람에게 자랑질을 해대며 과연 우리집이 얼마나 나올까? 이쁘게 나올까? 어떻게 나올까? 등을 상상하며 기대에 부풀어 있었다. 우리가 기다리던 그날이 되어 남편과 둘이 휴대폰으로 유튜브를 얼른 열고는 그야말로 초! 집중하며 어떤 영상 하나라도 놓칠 새라 눈에 핏발이 서도록 쳐다봤다.

보고… 또 보고… 계속 보고… 근데, 음 이건 뭐지? 나온 것도 아니고 안 나온 것도 아닌? 남편과 나는 서로 말은 안 했지만 알고 있었다.

우리가 그렇게 자랑질을 했던 이 사람, 저 사람, 요 사람, 지나가던 사람에게 붙잡고 바로 이 부분이 주인공이 기댄 벽이요~! 바로 이 부분이 주인공이 앉아있는 쇼파요~! 바로 이 부분이 주인공이 덮고 있던 담요요~! 라고 설명을 해줘야 된다는 것을….

하! 갑자기 들숨 날숨이 답답함을 느끼며 온몸에 더운물 세례를 받은 기분을 어찌 설명할까? 그래도 남편은 이것도 우리한텐 굉장히 뜻 깊고 의미 있는 일이라며, 너무 실망하지 말라고, 나한테 하는 건지 본인한테 하는 건지 모르는 위로를 공기 중에 대고 말했다. 그러면서도 얼른 영상들을 부분부분 캡쳐해 SNS에 #루시드 폴 뮤비 #13보름에서 #촬영했어요,라고 올리기 바쁜 모습이 영락없이 신난 어른아이 같았다. 정확히 말하면 우리 펜션보다 우리 담요가 더 많이 나왔어요~ 라고 올려야 하지만, 뭐~ 촬영한 건 사실이니까.

나는 펜션 오픈한 지 얼마 안 돼 이런 일이 생겨 웬 행운이냐 싶었고, 또 자연스레 홍보도 되니 일석이조 아닌가 싶어 혼자 또 열심히 예약 접수가 띠링띠링 울리겠구나, 콧노래 부르는 상상을 했더랬다. 에휴~ 역시 상상은 상상이지 현실이 될 순 없구나 느끼며, 며칠이 흘렀다.

한 여자분이 예약문의를 해왔다. 루시드 폴 오빠! 광!팬이라며 혹시 얼굴을 봤냐며, 매우 업! 된 목소리로 걸려온 전화였다. 너무 당황한 나는 오지 않으셔서 얼굴을 못 봤다고 죄송하다고 했다. 내가 왜 죄송

보고 싶었수다!
루시드 폴~

하다고 했는지는 모르겠지만, 나도 누구의 광팬으로서 상대방의 그런 기분 정도는 맞춰주고 싶었는지 모른다.

그분을 필두로 점점 예약문의가 많아졌다. 화장대가 나오던 부분은 어느 방이냐, 정말 여기서 찍은 게 맞냐, 이 담요가 그 담요가 맞냐… 그리고 보면 담요가 참, 열일했구나,라는 생각이 든다. 처음엔 담요 따위만 많이 나왔다고 둘둘 말린 담요에게 애꿎은 질책만 했었는데. 어찌되었든 내 실망과는 달리 신기하고 고맙게도 사람들이 많이 찾아주었고, 우리 펜션의 비공식적 자랑거리가 되었다.

13보름,
첫 겨울

난 겨울을 지독히도 싫어한다. 너무너무 추워 온몸이 쪼끄라드는 것 같아 나이가 들수록 더 싫어지는 계절이다. 그래도 유일하게 그 추운 겨울, 첫눈 오는 날 뜨끈한 국물과 소주를 삼키는 건 무엇과도 바꿀 수 없게 기다리는 내 행복 중 하나다.

펜션을 오픈하고 첫 해, 첫 겨울을 맞을 때였다. 늦은 오후 제주시에 장을 보러 나갔다 집에 들어오는 길, 눈이 조금씩 내리기 시작해 남편과 차 안에서 눈이 온다고 좋아라 하며, 누가 먼저랄 것도 없이 어깨춤을 들썩였다. 그러다 조금씩 너무 많이 오는 거 아닌가 싶었는데, 어느새 길이 안 보이게 바닥에 쌓이기 시작하더니 나중엔 여기가 어딘가 싶을 정도로 눈은 차창 밖 시야를 다 가려버리고 말았다.

모든 차들이 비상등을 켜고 외줄 타듯 아슬아슬하게 운전해 나갔고, 갓길엔 이미 미끄러져 사고가 난 차들이 심심치 않게 보여 불안했다. 우리는 아까의 어깨춤 사위가 민망할 만큼 벌벌 떨며, 평상시보다 곱빼기가 되는 시간이 걸려 정말 가까스로 집에 올 수 있었다.

집에 도착하자마자 데크와 테이블 위에 쌓인 눈의 양을 보고 입이 쩍 벌어져 턱이 빠지는 줄 알았다. 저 정도 눈의 무게면 테이블이 반쪽으로 뽀개져도 미안해서 할 말이 없을 것 같았다.

아직 도착하지 않은 손님들도 있어 얼른 짐을 내려 정리하고, 남편은 부리나케 눈을 치우기 시작했다. 한 30분이 지났을까? 눈사람이 돼서 들어온 남편은 뭔가 이상하다며, 치우고 돌아서면 그 전보다 더 쌓여 있고, 치우고 돌아서면 더 쌓여 있다고, 치우는 게 별 의미가 없는 것 같아 그냥 들어왔다고 오돌오돌 떨며 투덜거렸다.

창밖을 보니 눈은 아까보다 더 많이 내려, 내가 봐도 지금 눈을 치우라고 밖에 나가라고 하는 건 안 살자고 하는 것과 같은 얘기였다.

다행히도 손님들은 모두 무사 입실했고, 오히려 눈이 쌓여 설국이 된 우리집을 더 좋아하셨다. 문제는 다음날 아침이었다. 문을 열고 나가려는데 현관문이 안 열려 가까스로 밀고 나왔더니, 어른 무릎보다 더 높이 눈이 쌓여 길이고 돌담이고 열심히 심은 허브들과 다육이, 기타 등등 모든 것들이 포토샵에서 싹! 지운 것처럼 Delete되고 없었다.

우리는 멘붕에 빠졌고, 손님들은 신이 나 아이처럼 좋아하며 휴대폰과 카메라 셔터를 누르기 바쁘셨다. 그뿐만이 아니었다. 오전뉴스엔 눈 소식이 메인으로 제주공항이 마비되어 모든 항공편이 결항, 결항, 결항을 표시하고 있었다. 게다가 계속되는 눈 예보에 언제 운항될 수 있을지 모를 일이었다.

요이 땅! 하듯이 예약손님들 전화가 빗발치기 시작했고, 오늘 당장 입실하는 손님부터 며칠 뒤에 오시는 손님까지 모두 환불을 요구하시며 전화통에 불이 날 지경이었다.

아~! 숙박업을 하다 보니 이런 일이 다 생기는구나. 남편과 난 새로운 눈 미션에 진이 빠져 허둥지둥댔고 눈구멍이 뚫린 하늘만 비겁하게 욕할 뿐이었다. 퇴실하시는 손님 또한 육지로 올라가는 비행기가 결항이 돼 어쩔 수 없이 다시 한 번 우리집에서 숙박해야 하는 상황이 되기도 했다. 그야말로 그해 겨울, 제주는 쓰나미 같은 눈 폭탄에 오도가도 못 하는 아비규환이 따로 없었다.

아, 정말 살살 좀 하지, 아직 배포가 크지 않은 우리 부부에게 첫 해부터 자연재해 미션은 너무 하는 거 아닌가, 싶을 때 숙박하고 계시는 손님들에게서 전화가 걸려왔다.

"사장님! TV가 안 나와요!"

"사장님, 2층에 물이 안 나와요!"

"사장님~! 사장님~!"

아, 사장님, 사장님, 사장님, 정말 이런 날은 사장님 하고 싶지 않다, 엉엉엉….

얼른 올레티비에 문의하니 눈 때문에 땅이 얼어 일시적으로 그런 것 같다며 기사님을 보내드릴 건데, 이미 다른 곳도 비슷한 상황이라 많이 기다리셔야 된다는… 이런 상황에 뻔한 안 좋은 대답을 하시며 끊었고, 신랑은 펄펄 끓는 뜨거운 물을 가지고 2층으로 올라가, 수도관에 물을 조금씩 부으며 애지중지 세례식을 이어갔다.

손님들에겐 눈 때문에 케이블선에 이상이 생겨 오늘은 안 나올 것 같다고 양해를 구했고, 다행히 손님들은 이런 상황에 전기라도 안 끊긴 게 어디냐며 너그러이 이해해주셨다.

하루가 어떻게 갔는지 모르게 정신없이 미션들을 해결하고 SNS를 열어보니, 손님들 모두 눈 속에 폭 쌓여 옴짝달싹 못하는 이 상황을 은근히 재미있어하시며, 세상과 동떨어져 잠시 다른 공간 속에 놓여진 것 같아 좋다는 글들과 펜션 사진들을 함께 올려 자랑을 하시기도 했다. 이, 정말 다행이다, 다행이야,라는 말이 입에서 절로 새어나왔다.

그러고 보니, 내 첫 겨울, 첫 눈에 알싸한 소주는 이렇게 다 날아가 버렸구나… 소주는 커녕 이젠 눈이 오면 저 눈이 멈추긴 멈출까? 밤새 자고 일어나면 뭔 일이 있지 않을까? 싶어 미리 경계태세! 에 촉을 바짝 세우기 바쁘다. 비단 눈뿐일까? 비? 바람? 태풍!!!

아, 그전에 이런 것들은 나의 술안주거리들이었는데, 이젠 절대적으로 맨 정신으로 있어야 하는 이유 중 하나가 되어 아주 쬐끔은 슬퍼진다. 하지만 어쩌겠나. 이젠 날씨 핑계로 소주를 마시는 행복보단 펜션이 가져다주는 달달함이 더 크다는 것을 알아버렸으니, 내 안주거리는 다른 것에서 찾는 걸로….

한꺼번에 많이 내린 눈은 며칠이 지나서야 녹기 시작했고, 그제서야 눈 속에 가려졌던 식물들과는 동사한 상태로 만남과 동시에 이별해야 했다. 에휴~ 미안허다. 미리 알았으면 뭔가 조치를 취할 수 있었을 건데, 정말 꽁꽁 얼었구나.

하얗게 얼었던 우리집도 여기저기 눈 녹은 물이 뚝뚝! 떨어지고 바닥은 진창이 되어 푹푹 빠져 엉망이었다. 한바탕 눈폭풍은 질척해진 내 마음처럼 이렇게 지나갔다.

그로부터 며칠이 지나, 손님에게서 문자가 한 통 왔다. 잠시, 설국에 와 있었던 그때가 너무 좋았다며 눈폭풍에 휴가가 더 길어져 행복했고, 눈이 많이 오는 아침에 먹었던 맛있고 따뜻한 조식이 너무 그립다는 장문의 메시지였다.

캬~! 요런 맛에 펜션 하는구나~! 그날 그렇게 눈 속을 헤집고 발 시려운 강아지처럼 뛰어다닌 보람이 이런 거구나~! 요거~요거 중독성 있네….

우리의 겨울은 그제야 따뜻해지는 기분이었다. 막상 닥치면 정신줄을 붙잡기 힘들 정도로 너무 당황해 남편과 괜히 한바탕 투닥거리기도 하고 중요하지도 않은 니 탓! 내 탓! 의 진위 여부를 가려가며 하루를 허비하는 일도 종종 있지만, 처음 느껴보는 새로운 보람에 뿌듯해지는 기분을 어찌 설명할까?

그래도 시간이 조금 흐른 요즘, 서당개 인턴 3년차의 남편과 나는, 눈빛만 마주쳐도 어떤 걸 해야 하는지, 어떤 비품이 떨어졌는지, 하다못해 우스갯소리로 손님 얼굴만 봐도 룸을 어떻게 쓸지도 보인다며 내림신이 오신 양 으쓱거리기도 한다.

13보름에서의 첫 겨울은 이렇게 호되게? 따뜻함을 가르쳐주며 지나갔다.

엘사와 안나가 나올 것 같은, 고립된 13보름

손,님,

펜션을 하면서 가장 걱정되는 부분 중 하나는 바로 '손님'이었다.

아이러니하게도 손님 때문에 먹고 살지만, 손님 때문에 상처를 받는 건, 육지에서의 회사생활과 크게 다르지 않을 것이다.

예전에 봄이가 펜션에서 있었던 여러 에피소드들 중 젊은 커플이 놀러와 체크아웃 시간까지 나가지 않아 기다렸는데 어느새 말도 안 하고 나가고 없어 방에 들어가 보니, 식기며 컵이며 씽크대 안에 있는 모든 것들을 꺼내 사용한 후 그냥 그대로 손끝 하나 안 대고 그야말로 전쟁터를 방불케 하고 나갔다고… 하다못해 그 커플은 설거지하기가 얼마나 싫었으면 와인잔에 라면을 덜어 먹고는 그대로 두고 훌훌 가버리셨다고.

난 그 이야기를 듣고 깔깔거리며 웃었었다. 세상에 와인잔에 있는 라면 꺼내 먹기가 더 힘들지 않나 싶어 속없이 웃었더랬다.

역시, 사람은 자기가 당하지 않으면 모르는 법.

항상 남편과 이런 걱정 아닌 걱정을 얘기했었다. 만약, 손님들이 엉망진창이라는 말로도 표현이 안 될 정도로 처참하게 사용하고 나온다면, 우리는 어떻게 해야 하는가? 화를 내야 하는 건지, 그냥 받아들여야 하는 건지, 조곤조곤 따져야 하는 건지… 아~ 이럴 땐 정말 성격에 안 맞는 일이구나 싶기도 하고, 우리가 무엇 때문에 이렇게 힘들게 달려왔나,라는 생각이 들기도 한다.

어쨌든 우리에게도 피할 수 없는 숙명처럼 그런 날이 왔다.

작은 룸을 두 개 예약하고 밤새 신이 나서 즐겁게 노는 젊은 손님들이었다. 처음엔 그냥 그런가 보다 하고 아무 생각이 없었는데 새벽에 시끄러운 소리에 잠에서 깬 창문으로 손님방을 보니 뭔가 이상했다. 제일 작은 룸은 2인을 초과해서 받지 않는데, 여러 명이 번갈아가며 테라스에서 담배를 피며 소리를 지르고, 허공에 대고 욕을 하고, 누가 누가 침을 멀리 뱉나 시합이라도 하는 양 뱉어내기 바빴다. 게다가 바로 옆에 있는 재떨이가 민망하게 담배꽁초는 쿨하게 테라스 너머 이제 막 자라고 있는 여린 잔디에 홀인원을 날리고 있었다.

그때 시각이 새벽 3시를 가리키고 있었다. 글쎄, 지금 같으면 그 시간에라도 달려가 문을 야무지게 두들겨 인원수를 확인하고 강제퇴실처리를 시킬 수 있는 깜냥이 생긴 듯싶지만 그때는 오픈하고 얼마 안 된 솜털도 안 난 새가슴이라 그 상황이 그저 두렵고 무서웠다.

나는 급한 마음에 남편보고 어찌 좀 해보라고 재촉했지만 남편도 걱정스럽긴 마찬가지였다. 그 시간에 달려가 술 먹고 이성을 잃어 소리를 질러대는 젊은 혈기의 손님에게 나가시라고 얘기할 펜션사장님

마인드 모드가 off였던 건 나와 같았다.

밤새 한숨도 못자고 머릿속에 마음고생 대잔치가 펼쳐졌다. 지금이라도 갈까? 갔는데 너무 취해서 되려 화를 내면 어쩌지? 그냥 경찰을 부를까? 내 평생 이렇게 파출소를 가보는 건가? 끝도 없는 질문 끝에 날이 밝았다.

아~ 차라리 봄이네 손님처럼 와인잔이든 소주잔이든 술잔에 라면을 덜어드셨다는 그 손님이 백배 낫겠다,라는 생각을 하며 좀비처럼 부스스 일어나 창문으로 다가가 손님 쪽 룸을 쳐다봤다.

밤새 술을 마시고 에너지를 발산하시느라 미동도 없으신 건 당연할 터, 남편과 나는 도대체 그 방에서 몇 명이 나오나 지켜보자는 마음으로 일찍이 그 방 앞을 서성였다.

퇴실시간이 한참 지나서야 그 방에서 손님이 나오기 시작했다. 남자 한 명, 두 명, 세 명, 네 명. 도대체 그 방에서 이불도 없이 덩치도 큰 장정 네 명이 어찌 잤을까? 의문이 들었다.

나는 갑자기 욱하는 마음에 남자 한 명을 붙잡고 여기는 원래 2인 이상 받지도 않는 방인데, 이미 사용하셨으니 어쩔 수 없고 추가 비용 2만원을 달라고 했다. 갑자기 나도 모르게 모드가 on으로 바뀌어 깜짝 놀랐지만, 시선은 흔들리지 않게 잘 처리한 것 같아 약간은 안도했다. 남자는 자기는 모르는 일이라며 다른 방 남자 손님이 알아서 할 거라고 책임을 돌리기 바빴다. 그러고는 그 장정 네 명은 모두 차에 타 시동을 켜고 갈 준비를 하고 있었다.

나는 이왕 사장님모드가 on으로 바뀐 걸 밀고 나가 얼른 다른 방으로 달려가 손님에게 2만원을 요구했다. 손님은 술을 너무 많이 먹은 탓인지 정신없어 보였지만 분명 알았다고 했고, 나는 손님이 나오기만을 기다렸다.

그런데 한참을 지나도 안 나와 잠시 세탁실에 뭔가 가지러 가는 사이, 차 두 대가 동시에 움직이며 나가는 게 보였다.

이런! 먹튀라니!! 우사인볼트가 울고 갈 만큼 주차장으로 냅다 뛰어 차를 막은 다음 창문을 두드렸다. 어제 새벽에 그렇게 두드리고 싶었던 문처럼 두드렸던 건 안 비밀!

차 창문은 내려지고 싶지 않은 듯 억지로~ 억지로 내려갔고, 차 주인은 새빨간 두 눈으로 나를 쳐다봤다.

"2만원 주셔야죠!"

마음 같아선 어제 있었던 일들을 다 얘기하며 처음부터 안 되는 건데 이러면 되느냐! 가래침이며! 담배며! 도대체 21세기 선진문화시민이 맞느냐며! 거창하게 화를 내고 싶었지만 이미 냅다 뛰어 차를 잡은 것만 해도 새가슴인 내가 오늘 할 일은 다 한 것이었다.

손님은 쭈뼛쭈뼛 지갑에서 2만원을 꺼내 아무 말 없이 주곤 유유히 차를 몰고 나갔다.

아, 이런 이해 안 되는 사람들이라니… 2만원이 없어서도 아니고, 그냥 가려고 하는 이 심보는 도대체 뭘까? 왜 도대체 자기돈 내고 놀러와서 이런 꼴을 당하고 도망가듯 가는 걸까? 알 수 없다, 정말 알 수 없다. 세상 모든 사람들이 하나같이 다 달라 나와 같을 수 없다는 건 이미 유치원 때 알았지만, 그깟 2만원! 말만 잘하면 얼마든지 안 받아도 되는 돈이지만, 젊은 혈기를 주체 못해 새벽 늦도록 테스토스테론을 불출시키는 저 손님들에게 그런 말이라도 안 하면 우리가 너무 바보같아 보일까봐 받아내고 싶었다.

정말 아침부터 소주가 필요한 날이었다.

어제 밤 달려가고 싶었던 그 방으로 가 보니 침대 이불은 물론 매트리스 패드와 매트리스 커버까지 싹 다 베껴 깔고 잤는지 덮고 잤는지 알 수 없게 널부러져 있고, 씽크대엔 4인분의 가래침이 한가득이었다.

남편과 나는 말없이 열심히 그 방을 치우기 시작했다.

사실, 그 이후론 그리 혹독하게? 치른 손님은 많지 않았다. 무슨 연관인지는 모르겠지만, 손님들도 우리가 초! 자라는 걸 아시는지 진땀나게 하는 손님은 거의 펜션운영 초반에 몰려 있었던 것 같다.

한번은 아침에 여자 손님이 상큼한 목소리로 체크아웃 할 테니 봐달라는 말에 얼른 달려가 편안히 주무셨냐, 불편한 건 없으셨냐며 너스레를 떨었다. 밖에 나와 주차장에 계셨던 손님은 너무 좋았다며, 방도 이쁘고 다 만족한다며 들어가서 점검해보라고 해 (사실, 말이 점검이지 가실 때 얼굴 뵙고 안녕히 가시라고 인사드리려고 하는 목적이 더 크다) 그냥 살짝 문을 열고 들어가 보는 척만 했는데, 오! 마이 갓! 라면이 가득한 냄비와 식기는 테이블 위에 그대로 있고, 국물은 뚝! 뚝! 뚝! 방바닥에 보기 좋게 점묘화를 그려놓고 있었으며, 코를 푼 건지 국물을 닦은 건지 알 수 없는 티슈 뭉치들은 여기저기 순백의 꽃처럼 피어 있었고, 애꿎은 드라이기는 혼자서 열심히 허공을 말리고 있었다.

순간 너무 당황해 혹시, 우리집이 만족스럽지 않아 화가 나서 그러시는 건가,라는 의구심이 들었지만 손님의 밝고 쾌활한 목소리는 거짓이 아닌 것 같았다.

어쩌지… 그렇다고 손님한테 다시 들어가 설거지하고 나오세요! 이럴 수는 없는 노릇 아닌가. 도대체 어떤 표정을 하고 나가야 하는지 모르겠어서 난감하기 이를 데 없었다.

어정쩡하게 웃는 얼굴로 나온 나에게 손님은 인덕션이 너무 좋다며 어디서 산 건지 물어보기 바빴고, 너무 좋아서 다음에 또 오겠다는 말씀을 남기고는 기분 좋게 떠났다.

이럴 때 난 또 빠져든다. 알 수 없다, 알 수 없다, 정말 알 수 없다. 무슨 점검을 원하고 부른 거지? 설마 라면 끓여놨으니 먹으라는 것도 아닐 거고 그래, 라면 냄새는 기가 막히긴 하더라. 정말 이럴 땐 바보같은 생각만 꼬리에 꼬리를 물며 하루가 가버린다.

물론 기억에 남는 좋은 분들도 많다. 도대체 잠을 서서 주무신건지 침대 세팅이 전날 해놓은 그 각도 그대로 머리털 하나 안 나오게 하신 분들(이런 분들을 만날 때면 식은땀이 줄줄 날 정도로 내 청소 실력이 민망해지기도 한다), 맛있는 요리를 하셨다며 한 접시 그대로 가져다주시는 분들, 너무 좋았다며 긴 편지를 남기고 가시는 분들, 무엇보다 얼마 되지도 않은 우리 펜션에 두 번, 세 번 재방문 해주시는 분들까지….

한번은 외국가족이 예약을 했는데, 오시기 전날 밤새 둘이 투닥거리며 이용안내문을 영어로 바꾸고 다음날 긴장한 혓바닥을 스트레칭하며 손님이 오시기만을 기다렸다. 체크인 시간에 휴대폰이 울리고 남편은 얼른 주차장으로 뛰어나갔다. 남편은 있는 단어 없는 단어를 끄집어내 체크인을 도와드렸는데, 그 분은 뜻밖에 한마디를 하셨다.

"그냐앙~ 한쿡말로 하쎄요오!"

뭔가 다행이란 안도의 표정과 화끈거리면서 웃었던 남편의 얼굴이 아직도 떠오른다. 외국손님들은 있는 동안 너무 즐겁고 좋았다며 종이에 우리집 그림을 예쁘게도 그려 편지를 써놓고 가셨다. 역시 외국 사람이라고 해도 사람 사는 정은 다 같은 곳에서 만져지는구나 싶어, 이런 날은 청소하는 시작부터 괜히 어깨가 으쓱하며 배가 부른 기분이다.

펜션을 운영하면서 다시 한 번 크게 느끼는 건, 정리를 깨끗이 하시고 안 하시고에 따라 좋은 손님 나쁜 손님이 아니라 소주잔이 깨졌더라도 이불이 찢어졌더라도 먼저 말씀해주시면서 미안해하시는 분들이 제일 고맙다. 이것도 사람 사는 모양 중에 하나인데 그리 고가의 물건이 아니고서는 소주잔이 깨졌다고 화를 낼 일도 아니고, 또 먼저 미안하다고 말씀해주시니, 아니에요 괜찮습니다~ 라는 말은 자연스러운

안녕하세요! 여기 아주 아주 좋은 니다요. 보내고 갔습니다!
이건 예쁘고 친한 친구 만들어 주셔서 아주 고아요!
제식 에너 좋은 추머이 됐어요 ♥

피니 와 가죽 일점.

답이 된다. 하지만, 몰래, 슬쩍, 아닌 척, 그대로 두고 가시는 분들은 참 야속하고, 속상하다.

그러면서 한편으론 나를 많이 돌아보게 됐다. 나도 그랬나? 나도 어디 놀러 가면 그리 흔적을 많이 남겼던가? 외할머니께서 늦은 나이까지 청소 일을 하셔서 어디 가서 청소하시는 분들을 보면 할머니 생각이 나 일부러라도 내 흔적을 안 남기려고 하는 버릇이 있었는데, 그때 그 상큼하게 웃으며 체크아웃 봐달라던 여자손님이 떠오르며 어쩌면 나도 그녀처럼 내가 어떤 실수를 했는지 모르고 사람 좋게 웃기만 하고, 철이 없었던 건 아닐까? 뭘 몰랐던 건 아닐까? 뒤돌아보게 된다.

아직 그리 오래되지 않은 경험이지만 펜션을 운영하며 여러 사람들을 만나고 겪고 부딪치며 역시, 나와 같은 사람은 이 세상에 단 하나도 없으니 그저 우리집을 알고 찾아주시는 것만으로도 넘치는 땡큐라 생각하자! 이렇게 생각하니 답은 아주 심플해졌다.

엉망진창 손님들이 오셔도, 우리가 어차피 치워야 되는데 뭘~
침을 찍!찍! 뱉는 손님이 오셔도, 그래~ 물청소하면 되지 뭘~
늦게 나가시는 손님이 오셔도, 어차피 다른 방 먼저 치우면 되는데 뭘~
될 수 있음 그냥 그럼 되지 뭘~ 이라고.

처음엔 우리 둘이 힘들게 지은 우리집을 손님이 오셔서 거침없이 사용하고 나면 닳아빠져 없어질 것 같아 불안했던 것도 사실이었다. 하지만 역으로 생각을 해보면 그래~! 닳아빠져 없어질 만큼만 온다면 이 불황 속에 땡큐 아닌가~.
그러니, 닳고 닳아라~!
열심히 청소해줄 테니~!
그렇게 우리는 지금까지 마인드 모드를 on으로 유지하며 이 생활에 익숙해져가고 있는 중이다.

우리 부부는
계속 현재진행형

〈13보름〉을 오픈하면, 그 동안의 노가다는 모두 보상받을 만큼 유유자적 쉬면서 몸이라도 편하게 지낼 수 있지 않을까, 하는 말도 안 되는 상상을 했더랬다.

역시나, 의상만 작업복이 아닐 뿐이지 하루 종일 소소하게 해야 할 일들이 지천에 널려 있어 편하게 엉덩이 붙이고 앉아 있을 시간이 만들어지지 않았다. 게다가 청소일이 익숙하지 않고 손에 붙질 않아 남편과 동선이 꼬이기도 하고, 닦은 곳을 또 닦기도 하고, 괜히 불안한 마음에 한 번 더 닦으면서 룸 하나에 청소시간이 2시간씩 걸려 점심밥을 거르기 일쑤였다.

4시 입실시간까지 청소를 마치기 위해 이리 뛰고 저리 뛰고 할 때였다. 아직은 둘이 많이 어설플 때라 방 두 개 청소를 끝내고 나니 3시를 가리키고 있었다. 남편은 은근슬쩍 내 눈치를 보며 넌지시,

"밥 먹고 하면, 안 되나…."

청소하다가 멍- 하니 올려다보게 되는 제주의 하늘

그럼 난 앙칼지게,

"지금 밥이 넘어가!"라고 단칼에 잘랐었다. 사실 삼식이인 남편이 그만큼 참고 일을 하는 것도 대견한 건데, 지금 생각해보면 웃음만 날 뿐이다. 자기 양말 하나 빨래바구니에 넣을 줄 몰랐던 사람이 지금은 씽크대 청소부터 화장실 청소, 거실 청소 등 여기저기 청소들을 혼자서 기꺼이 잘 해내는 걸 보면 역시 사람은 자기가 처한 상황에 따라 변해가기 마련이구나 하는 생각에 기꺼이 변화해준 남편에게 고마울 뿐이다.

우리 부부는 아직 해야 할 일이 태산이다. 우리가 그렸던 집의 디자인이 아직은 미완성 단계라 돈이 모아지는 대로 조금씩 조금씩 해나갈 계획이며, 또 1년에 한 번 내지 두 번은 돈 버는 데만 매이지 않고 다른 곳으로 훌쩍 떠나 눈과 귀를 열어 제주라는 섬에 우리 스스로 갇혀 살지 않도록 여행을 계획 중이다. 이 책을 쓰고 있는 지금도 호주 여행과 스페인 여행을 즐겁게 기다리며, 생전 처음 팔자에도 없던 글이라는 걸 쓰기 위해 애를 먹고 있다.

제주에서 산다고 하면, 그것도 내 마음대로 디자인해 내가 손수 지은 집에서 산다고 하면, 다들 좋겠다 부럽다를 연발하곤 한다. 생각해보면 예전의 나였어도 분명 다르지 않았을 것 같다. 내가 아는 누군가가 그림같은 멋진 집을 짓고 산다고 하면 부럽고, 부럽고, 부럽다고… 했을 것이다. 그런데 지금의 나는, 그 사람이 저 집을 갖기 위해 얼마나 힘들었을까? 그동안 마음고생을 얼마나 했을까? 고민하며 밤새는 날이 얼마나 많았을까? 혼자 우는 날이 얼마나 많았을까? (나만 우는 건가?) 라는 생각이 먼저 든다. 측은지심이 아닌 동병상련일 것이다. 비단 집에 관해서만은 아닐 것이다. 남들의 부러움을 사는 직업이나 직장이 될 수도 있고, 가고 싶은 학교가 될 수도 있고, 죽을 만큼 힘든 다이어트로 완성된 멋진 몸매일 수도 있겠다.

집,이라는 것을 지으면서 내가 평생 살아오면서 이렇게 절절하게 혹은 절실하게 열심히 했던 것이 있었는지 많은 생각을 하게 되었다. 누가 억지로 돈을 주고 시켜도 못했을 것 같은 감당 못할 육체노동과 기약 없는 시간들을 보내며 과연 이게 될까? 될 수 있는 건가? 나 스스로 불신을 떨쳐내고 강해지게 되는 과정이었던 걸 부인할 수 없다.

연애기간까지 포함해 남편과 15년을 보내며, 그 중 제주에서의 4년은 서로에 대해 더욱 정확히 알게 되는… 어쩔 수 없는… 약간은 슬픈? 계기가 되어주었다. 또, 우리는 4년 동안 24시간이 모자라게 붙어다니며 공유한 같은 추억을 바탕으로 더욱 쫀쫀해진 부부애를 넘어 전우애를 갖게 되었다.

우리 부부는 이 모든 일들이 제주라서 시작할 수 있었고, 제주라서 완성될 수 있었다고 생각한다. 그만큼 제주는 알 수 없는 신비한 마력으로 우리를 들었다 놓았다를 반복하며, 조금은 느리고 바보스럽지만 저 푸른 제주 위에 그림같은 집을 완성할 수 있게 동기를 주었고, 용기를 주었고, 공간을 주었으며, 좋은 인연들과 소중한 추억들을 선물해주었다.

우리 부부가 늙고 쇠약해질 때까지 제주에서 살지는 아직 모르겠다. 다만, 육지에서의 35년간 생보다 제주에서의 짧은 4년 동안 나는 올곧이 나만을 위해 살았고, 그 시간은 우리 부부를 다듬어주고 토닥여주었다는 사실에 제주는 우리 부부의 소울메이트 같은 느낌을 지울 수 없다.

우리 부부는 앞으로도 계속 별 특별한 것 하나 없이 분명, 그냥 그렇게 바쁘게 살아갈 것이지만, 그냥 그렇게를 제주에서 살게 되어 고맙고, 다행이라고 말하고 싶다.